京都怪談
神隠し

花房観音、田辺青蛙、朱雀門 出、
深津さくら、舘松 妙

竹書房文庫

目次

舘松 妙

深津さくら

朱雀門 出

すざくもん・いづる

「今昔奇怪録」で日本ホラー小説大賞短編賞を受賞。著書に『今昔奇怪録』『首ざぶとん』、実話怪談集に「脳釘怪談」シリーズなど。共著に『男たちの怪談百物語』『怪談実話コロシアム　阿鼻叫喚の開幕篇』、「てのひら怪談」「恐怖通信　鳥肌ゾーン」「怪談五色」各シリーズなど。

右乗りルール

Mさんが大学進学を機に下宿した。古いアパートだが、家賃が手頃なのが決め手だった。一人暮らしも慣れないが、自分の故郷とは習慣の異なる京都での暮らし自体にも不安はあった。

ただ、アパートの大家さんはお祖母《ばあ》さんと同年代くらいの気さくな女性で、役所や病院の場所だけでなく買い物はどこが良いかなど、生活に必要なことまで色々と教えてくれて安心したそうだ。お祖母ちゃん子だったMさんは、大家さんに親しみを感じていたという。

七月の中旬で、生活にも慣れた頃のこと。夕方に帰宅すると、集合ポストに差出人の書かれていない封筒が入っていた。中には便箋が二枚あり、一枚は白紙だった。なぜか、一緒に乾燥した土筆《つくし》が一本入っていた。穂だけでなく袴《はかま》もついており、茶色く変色していた。

字が書かれている便箋にも差出人は記されていない。書かれているのは一言、

惨惨の日に靴下を捨てないでください

という意味不明の依頼というか、警告というか、注意と思える語句だった。油性ペンで書かれたように思える。独特の有機物の臭いがしたのだ。臭いがあるので、乾いてはいるが書かれて間もないように思えた。女性の文字のようで、乱れておらず、どちらかというと綺麗な字だった。暴力性は感じない。しかし、内容からは仄《ほの》かに狂気を感じた。

何と読むのかもわからない〝惨惨の日〟とは何か。惨状《さんじょう》のサンだから〝サンサンの日〟だろうか。無惨《むざん》のザンでもあるから〝ザンザンの日〟だろうか。そうだとしても、聞いたことがないし、意味もよくわからない。あるいは惨《むご》いという字だから、〝むごむごの日〟だろうか。であっても、わからなさは同じだ。

そもそも、靴下など捨てていない。だから、注意されているにしても訳がわからない。

Mさんはその手紙を持って大家さんを訪ねた。大家さんも首を傾げる。

ゴミ捨てに関する苦情であれば大家さんにも言っていそうだけれど、大家さんのところにもクレームはきていなかった。そもそもゴミとして靴下を捨ててはいけないというルールなどない。それに、惨惨の日などという気持ち悪い日など大家さんも知らない。

また、そんな手紙が投函された人は大家さんの知る限り、これまでいなかった。アパートの住民の中に妙な思い込みを持っている者がいて、それを破られて怒っているように思えるが、そんな人物に心当たりがない。だから、だれが書いたのか見当が付かない。もしかすると、大学でそういうおかしな人物に目を付けられたのではないかという話になった。もっともなので、友人に相談することにした。

部屋に戻ってから、スマホを使って連絡を取った。

友人は手紙の内容を気味悪がった。意味のわからなさが怖いのだという。何のことを言っていて、誰が書いているのかも見当が付かない。ただ、特に目立つような行動をMさんが起こしていたように思えないとのことだった。人違いかも知れない。気味が悪いが、人違いでなくても、靴下さえ捨てなければ良いように思える。それで、様子を見てはどうかということになった。

特にこれといったことは何も起きず、数日が過ぎた。手紙もあれからポストに入れられてはいない。

だから、ちょっとしたイタズラだったのだと忘れかけていたある日。講義が終わった教室で筆記用具を片付けていると、女性の声が耳に入ってきたという。

「ザンザンの日も知らんとよう大きい顔してるわ」

油性ペンのインクの臭いがした。それで、Mさんはあの手紙を思い出した。

見回すと、四十代くらいの女性が二つ後ろの席にいた。複数学部の学生が受ける講義なので、知らない人の方が多い。社会人の聴講生がいてもおかしくないが、そういう人は目立つので覚えていてもよさそうなのだけれど、これまでに見た覚えはなかった。

その女性と視線が合った。Mさんは少し怯《ひる》んで身を竦《すく》めた。

が、その女性は、くすり、と笑って目を伏せた。そのまま立ち上がると、すっと講義室を出て行った。

我に返ったMさんは後を追ったが、完全に見失っていた。

一緒にいた友達も、その声を聞いていたし、Mさんの行動から出て行く女に目を向けていたので、その姿をはっきりと見ている。

あれは誰だということになった。ザンザンの日を知らないことを詰《なじ》った人であると決まったわけではない。さらには手紙の投函者とも限らない。しかし、Mさんにはあの女が講義室で詰るような呟きをし、手紙を入れた者としか思えなかった。

次の講義でもその次の講義でもその女性がいないかと注意していたが現れなかった。前期セメスターの講義は終わってしまい、結局、あの女性はあの一回だけに現れたのではないかと思われた。それとは別に奇妙なことが起きていた。

ポストに手紙があったのだ。

例によって、差出人は書かれていない。便箋は二枚。片方は白紙。Mさんにはよくわからない、オレンジ色の花が付いた草本《そうほん》が添えられていた。

手紙の内容はまたよくわからないものだった。

どうして鵄船に左から乗れるんですか
育ちが知れます

二行にわたってそう書かれていた。また、マジックペンに似た臭いが鼻を衝《つ》いた。キフネとでも読むのだろうか。見慣れぬ鳥偏の漢字。辞書で引くとフクロウのことのようだけれど、そんな名の船は人に訊いてもウェブ検索してもわからなかった。忌まわしいという部首が薄気味悪い。単語の意味がわからないけれど、批難されているのはわかるのだけれど、身に覚えがない。

誰かと間違われているのではないかと思うのだけれど、講義室の女がそうだとすると、こっちを見て笑ったところからして、Mさんを特定しているように思える。Mさん宛てにメッセージを送っているようだ。

しかし、どう考えても行動をとがめるべき相手をそもそも取り違えている、そんな気がする。自分は靴下も捨てていないし、船に左から乗ったこともない。だから、誰かと間違っている、と相手に言いたかった。が、そのすべがなかった。

気味が悪いだけで、物がなくなったり、壊れたり、Mさんが怪我をしたわけではない。実害はないが、気になっていた。

大家さんにも相談してみた。

「僕、何かしたんでしょうか」

「さあ、ようわからんなあ」大家さんは首を傾げた。便箋を手に首を傾げている。「こんな名前の船なんか、この歳になっても聞いたことないわ」

「じゃあ、京都の風習というわけではないんですね」

「ああ、そうやね。でもこれ、なんか気色悪い物言いやわ」

「人間じゃないとか」

Mさんがそう言うと大家さんは大きく目を見開いて口を閉じた。

「そういうオバケみたいなのが手紙を書きますかね。それに、京都の人って、主張は直接言ってくるような感じがするんです。ただ、それが遠回しなんで、最初は褒められてでもいるのかなと思ったら、実は皮肉で」

大家さんはそれを聞いて、表情を崩したという。

「あんた、慣れてきたなあ」そういって目尻を下げた。「せやけど、ちゃんと言うのは相手と仲がええからやで。嫌いな人やったら、そら、名前も書かんと手紙で出すこともあるやろね」

「僕は嫌われてるんでしょうか。そんな覚えはないのに?」

さあ? と大家さんは首を傾げた。「ただ、言うだけ言うたら、気は収まるかも知らんわ」

そんなことを言われ、少し不安なのだけれど、何をすればいいというアイディアも得られないまま、数日が過ぎた。

特に奇妙なことが起きないので、手紙でMさんを詰ったことで相手の気は収まったのではないかと思えたそうだ。

そんなある朝、布団からダイニングに目を向けると、その奥に見える玄関に人がいた。こちらを向いて屈んでいる。髪の長い女性だとわかった。

鍵をかけているのに、入ってきている。Mさんは危うく声を上げそうになった。

女は左手にMさんの革靴を持ち、右手に持ったアイスピックでザシザシと刺している。

不意に手を止めた。Mさんに気付いたのか、顔を上げた。講義室で見たあの女性だった。

にまり、と笑みを浮かべるが、そのときに見せた歯が血塗《ちまみ》れだった。Mさんはただただ固まってそれを見ていた。

女は、つまんだ布を離したように下方向に流れ、溶けるようにして消えた。

靴は穴だらけだった。あの、油性ペンのような臭いが残っていた。

その日、Mさんは大学で友人たちに相談した。ロビーに何組か設置されているテーブルの一つをMさんたちは占拠した。Mさんは友人三人に向かって、これまでの話から今朝の厭な体験までを語った。と、話を聞いていた一人が、

「それって祇園《ぎおん》さんのときにキュウリ喰うたからやで」

と言った。シュッとした色白の男前で、出身は地元だと言っていた記憶がある。ただ、名前が思い出せない。それでも、何か知っていそうなので名前をただす前に話を続けた。

「それって、どういうこと?」

「ほら、祇園祭があったやろ」祇園さんのときにキュウリを……という発言をした者ではなく、隣に座ったKくんが補足した。彼も地元の人間なのだ。

「ああ、祇園さんって、お祭りのことなんだ」Mさんはなるほど、というように頷いた。「その期間中はキュウリを?」

「そうやで。紋に似てるやろ。八坂《やさか》さんの。畏《おそ》れ多いやん」この話題を提示した〝男前〟が言った。

「キュウリなあ」Mさんは首を傾げた。「確かに食べてるだろうけど、そんなの僕だけじゃないよなあ」そう言いながら学食のサラダや添え物の野菜を思い描いていた。キャベツや

トマトに混じってスライスしたキュウリも頭に浮かんでいる。

「ああ、それはそうやけど、喰うてるとこ、誰でも目に入るわけちゃうし。たまたま近くにおったんちゃうか」

「目に入るって、誰の？」

「そんなん口にして障《さわ》ったらあかんやん。キュウリだけやのうて、そういう態度の一々が気に障ったんかもしれんな。それより、靴下貸してみ？」

「靴下？」意外な提案にMさんは目を丸くした。

「履《は》いてるやつでええねん」

「汚いよ」

「ええから」

よくわからないままにMさんが靴下を脱いで渡していると、傍を通った人だと思える声が耳に入った。

「ああ、あの人、えらい難儀《なんぎ》してはるみたいやね」女性の声だった。

「でも、お節介な人もいたはるんや」

「せやけど、そういうのに遇わんとダメになってまうし」皆声が違う。三人いるようだ。

Mさんから靴下を受け取った〝男前〟は、少しムッとして声の方を向いた。Mさんも向

いたが、ざっと十数人が歩いているので、声の主はわからなかった。講義室で見た、また、
Mさんの部屋に現れたあの女は見つけられなかった。

男前はまた向き直って、手の中の靴下を器用に丸めて、鳥らしきものを拵《こしら》えた。二枚の翼があって、頭部に嘴《くちばし》を模した突起がある。

「ちょっと、これを跨《また》いでみ。ああ、こっち側からやで」

靴下で作った鳥を男前は床に置き、その右側を指さした。腰を下ろすようなジェスチャーをしている。Mさんは言われたとおりに、右側から跨いで腰を下ろした。

突然、耳にした笑い声で、Mさんは身体を竦めた。Kさんたちも身を竦めた。

見ると、傍を通っている人がみな、Mさんを見て笑っていた。指をさしている者もいる。

Mさんは驚いて尻餅をついた。さらに笑いが大きくなった。

急に興味がなくなったように、笑っていた者たちはMさんたちから視線を外して、左右に別れて廊下を進んでいった。何事もなかったかのような変わりようで、Mさんたちはしばらく呆然としていた。

「なんやったんや、あれ」とKさんが口にした。

その傍に立ったMさんも「さあ」と首を傾げた。

〝男前〟の友人がいなくなっている。それに気付いたのはMさんだけではなかった。

「あいつ誰だっけ」

Kさんたちも、さっきまでいた男前が誰かわからない。ただ、彼が靴下で作った鳥のようなものはちゃんと床にあった。

まるで夢を見ているようだったという。これまでも、そのあともそんな感覚に陥ったことはなく、思い出しても不安になってくるそうだ。

その一件で、何か〝しきたり〟のような決まりがこの地にはあるに違いないとMさんは思うようになった。しかし、自分にはわからない。自分だけがそんなルールを知らない不安感がある。なんだか、表面上は許されているが、この土地の者にバカにされているようにも思える。ただ、あっち側にも親切な者がいて、そんなイケズを見かねて助けて貰えたに違いないと思えたのだという。

そうそうあることではない奇妙な出来事だし、わからないなりにけりをつけたような〝儀式〟を終えたので、もうこれで終わりだと思っていたのだけれど、一度、女性の声で

「ああ、左乗りの人やわ」

と人混みの中で聞こえたことがあった。そのときも、油性ペンのような臭いが漂っていた。それがMさんのことを言っているとは限らない。自意識過剰とは思うのだけれど、〝左乗りの人〟という言葉がとても気になったという。声は続けてこう聞こえたという。

「厭やわ。穢《けが》れますやん」

河原で良い物を拾う話

Dくんという当時学生だった男性の話。

黄昏時、鴨川《かもがわ》沿いを四条《しじょう》から三条《さんじょう》に向かって歩いていた。自分と同年代に見える若いカップルが等間隔に並んで川を眺めている。法律で厳しく間隔を規定されているわけではないのに不思議とそうなっている。ある種、名物になっている光景だ。

川岸に並ぶ多くの恋人達に対して、Dくんは一人。何とはなしに劣等感があった。寂しいやん、という悲しい気持ちになっていた。

と、お婆さんが寝ているのに気付いた。

よく見ると、寝ているのではない。顔だけが落ちているのだ。かなり皺《しわ》のよった、年季の入った顔で、八十年は軽く経っているのではないかと思われる。胴体はなく、しかも厚みがない。頭部というよりは、顔だけなのだ。

普通なら驚くはずだけれど、Dくんはなんと、良い物があるなと思ったそうだ。ラッキー、とそれを拾った。なんだか、良い物を見つけた。そう思えたのだ。

手にした顔は、薄っぺらくて、柔らかく、まるでピザ生地のようだった。息をしている。少し小鼻が拡がった後、口をちょっと窄《すぼ》めて空気を出している。生きているのだ。

生きた顔だけを手にしてもDくんは怖くもなかったし、不思議でもなかった。逆に良い物を拾って嬉しかったそうだ。そんな顔を小脇に抱えて進むと、また違うお婆さんの顔があった。これも、そうとう古そうだ。この顔も浅く息をしていた。

まわりを見回すと、誰もDくんを見ていない。手にした顔も落ちている顔も何も言わず、とがめる者は誰もいない。

また、ラッキーとそれを素早く拾って、重ねて持った。また北へ進むと、違う顔がある。

先の方へ目をやると、結構、顔は落ちていた。

辺りを見渡すと誰も自分を見ていない。傍の顔を拾うと、次に目に付く顔まで足を進め、手当たり次第に拾っていく。

こんなに拾っても良いのだろうか、得をしていいのだろうかと、後ろめたくなってくる。

……という夢をDくんは見てしまった。

目覚めたときに、俺はなんというアホな夢を見たのかと、笑えもするし、ちょっと悲しくもなった。目覚めて冷静に考えると、見知らぬお婆さんの顔など拾ってどこが嬉しいのかと思う。が、夢の中では凄く嬉しかった。そのときの実感はある。

大学に行ってもまだ夢が気になっていたので、思い切って友達に話すと思いのほかウケたという。確かに奇妙で面白くはある。それでなんだかモヤモヤしていた気持ちは晴れて、この奇妙な夢が頭の中を占める割合は急激に少なくなっていた。

大学も終わり、その日は新京極《しんきょうごく》に繰り出した。繁華街の人混みを歩いていると「ちょっと、兄ちゃん」と後ろから呼び止められた。

振り返ると、小柄なお婆さんだった。そのお婆さんは、

「兄ちゃん、勝手に拾ったらあかんで」と注意してきた。口調はきつく、怒っているのがわかる。

しかし、Dくんは何も拾ってはいない。機嫌良く服でも買おうと歩いていただけだ。ただ、身に覚えはある。あの夢で顔を拾っていた。そのことだと思った。

あの夢で拾った顔の一つにこのお婆さんはそっくりなのだ。それに気付き「え？」と固まっている間に、そのお婆さんは人混みに紛《まぎ》れていった。

鬼障り

名前は出さないでくださいとのことなので、K大学としておく。イニシャルというわけではない。京都という雰囲気を出すためのKだ。そこに勤めておられるS先生の話。

講義のあと、演壇まで質問に来た学生がいて熱心に訊く。S先生は嬉しくなって、次は昼休みということもあり、丁寧に答えていたら良い時間になっていた。

帰り際、自分だけになった講義室を見渡すといくつかの机に紙が落ちているのに気付いた。ルーズリーフの切れ端のようだ。そんな光景は見たことがなかったので、学生のマナーが低下したのだろうかと思って、近くの机に行って紙を手に取ると、〝鬼障り〟と書いてある。

なんだこれ、と他の紙も手に取るとそこにも〝鬼障り〟とだけある。どれも筆跡が違うので、何人もがそんな変な言葉を、いや、そんな言葉だけを書いていることになる。

覚えようと思った言葉をメモして、それを置き忘れているように見えるが、講義でそんな言葉を使ってはいない。また、そんな大事な言葉だったらこんな紙の切れ端に書きはしないだろう。だから、講義のメモではない。では、何を書き留めたのか。何かゲームでもしていたのだろうか。講義中にそんな言葉を書き付けて使用するゲームを行っており、ゲームが終わったのでそのまま捨てていったのだろうか。それにしては数が多い。こんな人数で遊んでいたらわかりそうなものだ。

忘れたのではなく、故意に置いているようにも思える。まるでS先生に向けて、鬼障りという文字を見せたい、そんな者が何人もいるように思えた。

鳥肌が立っているのにS先生は気付いた。無意識に自分が怖がっていることに気付いて、その怖いという感情が心の中に拡がっていくように感じたという。なんだかとてもヤバいものに触れているのを本能的に知覚しているようなそんな気がしたそうだ。これまでにそんな体験はなく、そう思ってしまったこと自体が不思議で気味が悪く、そこからずっと気になってしまうことになったのだという。

S先生は手にしているメモのような紙をそこに置き、残りの紙もそのままにして講義室を出た。

他の先生に〝鬼障り〟というメモについて訊いてみた。ある先生が鬼障木《おにさえぎ》という言葉があり、それは鬼を祓うために立てる木のことだと教えてくれた。しかし、似てはいるが、鬼障りとは同じではないと思う、との見解だった。確かにそう思える。他の教職員にも訊いてはみたが、誰も知らないという。単なる悪ふざけだろうという意見もあり、冷静に考えると肯《うなず》けるのだけれど、あの講義室でのゾッとする感覚が浮上してきては心にわだかまりが蓄積していく。それで妙に気になってしまうのだそうだ。

研究室の学生にも訊いてみたが気味悪がるだけで、知っている者はいなかった。そういう遊びが流行《はや》っていたら連絡しますという学生もいたが、流行ってはいないようだった。

他に体験した人はいないというけれど、時間が経ってS先生がこの出来事を気にしなくなった頃に廊下で紙を見つけた。あっ、もしかしてと手に取ると、〝鬼障り〟とあった。

別の時にトイレでそんな紙を拾ったこともある。なぜか、S先生だけがそのメモを見つけるのだ。

そちらにはないですか、とS先生に訊かれたが、私の知る限りうちの大学ではそんな紙片は見つかっていない。

鬼障りなどという文字は偶然にも書くことはないから、それを暗号のように使っているグループが、このK大学にはいるのではないかとS先生は思ったそうだ。それも、故意に、そんな紙片をあちこちに置いている。それは学生なのか教職員なのか、外部の者なのかはわからない。最初のエピソードのように講義のあとに学生が座っていた机から見つかったことがあるから、少なくとも学生にはいそうだ。

ただ、そんなメモを持っている学生を見かけたこともないし、鬼障りを想像させるような活動をしている団体にも心当たりがない。

それは何のためにやっているのか。単なるイタズラにしては面白がる要素が見当たらない。紙片に書かれた内容が内容だけに呪術っぽくて不気味に思えるという。ただ、そんな呪いのようなものであったとしても、目に見えたそれらしい実害はないように思え、気にしているのはS先生くらいなのだそうだ。というか、S先生しか見つけないので、普通は気にしなくても当然に思える。

とすると、S先生へのメッセージのように思えるが、直接言ってくることがないのが腑に落ちない。S先生が必ず手にするかどうかもわからないようなメッセージの送り方も理解しがたい。考えれば考えるほど、理解できなくて内容が内容だけに不気味で恐ろしかったのだという。

意味不明とはいえ、一つ、なんとなく気になることがあるという。関係があるのか知らないけれど、そのメモを見かけた年は、病気による退学者が例年に比べて異常に多かったのだそうだ。それが鬼の障りのような、その一端のような気がするのだという。

鬼の話

京都は学生が多い街という印象がある。私が大学教員だというのもあるかもしれないが、私が聞いた京都での怪談には学生が関わってくる話の割合が高い。それもあって、ここまで大学生や大学がらみの話を挙げていったが、京都らしいものとして他に頭に浮かぶのが、鬼である。前話もある意味、鬼が関連しているが、ここでは鬼に関する体験談を数話まとめた。

Sさんが子供の頃、近所のある家の前に真っ青な身体の細身の男が立っている夢を見たという。男はその家の玄関に目をやっている。

入りたそうにして入れず、困っているとSさんは思ったので、縁側の方を指さして「あっち開いてるから、あっこから入ったらええやん」と教えたという。

男は玄関に向いていた顔をSさんに向けた。Sさんと目が合うと、のけぞるようにして大笑いした。歯がギザギザしていた。角が見えなかったが、Sさんは青鬼だと思ったそうだ。

そこで目が覚めた。鬼の夢ではあったけれど、鬼がとても愉快そうだったので、目覚めてから良いことをしたと自分も良い気分だったという。

しかし、後日、そこの家族がみんな旅行中に事故で亡くなったと聞いた。あの夢を見た日と同じかどうかはわからないが、事故は夢の後ではある。自分が青鬼にその家への入り方を教えたせいであの世に連れて行かれたのだと、Sさんは今でも後悔しているという。

節分で鬼を追い払うという行事を思い返してみると、鬼が災いをもたらしているようにも、災いが鬼の形を取っているようにも思える不気味な話である。

災いと言えばこんな話もある。


Yさんがある日、友人の家で遊んでいると日を跨いでいるのに気付いた。翌日も仕事があり、その支度もあるので帰宅することにした。そんなに距離もないので友人宅へは歩いてきていた。それで当然のことながら、帰りも徒歩だった。

途中、広い屋敷の傍を通る。誰の屋敷かを気にしたことはなかったが、雰囲気がなんとなく不気味で、明るいときは何でもないが夜はちょっと怖かったという。それでも、お化け屋敷であるという噂もなく、実際に何か事件があったとも聞いたことはないし、なんとなく気味が悪いというだけなので、道を変えたりはしなかった。

と、その屋敷が見えるくらいの所に来たときに、子供の姿を認めた。後ろ姿だけれど、背丈からして小学校低学年くらいだろうか。辺りには大人の姿はない。

男の子が一人で物騒だ。

そう思って、Yさんは足早にその子に近付いた。横に並んでも、こっちを向かない。

その子の顔を見ると、怒ったような表情をしていた。睨《にら》みつけているのだが、それはYさんではなく、あの屋敷の方を向いていた。

「どうしたの？　ぼく？」

そうYさんは話しかけた。

「邪魔するな」

Yさんの背後から大人の男の声がした。

振り返ると、夜目にも赤い鬼が、仁王立ちでYさんを見下ろしていたのだという。

そこからの記憶は曖昧で、何が起きていたのか不安なのだけれど、気付いたときには無事に家に帰ってはいたのだそうだ。

その後しばらくして、その屋敷が取り壊されたと聞いて、更にゾッとしたという。

また、こんな話もある。

今は集合住宅になっているが、昔そこにGという病院があった。

G医院の203号室はテレビの持ち込みが禁止されていた。表向きは電波が入りにくいからというのだけれど、実は他に訳があった。

テレビを置いておくと、ずっと点けておく訳にはいかず、消してある状態にいずれなる。その消えた画面に、スーツ姿の男が映ることがあるというのだ。カメラから遠くにいるようで映像が小さいときもあれば、近くにいてアップになることもある。大きく映ったのを見た者の話によると、その男には小さいが二本の角があるという。だから、そいつは鬼だと言われている。

その男を見たのだと看護師に告げた者は翌朝、冷たくなっているのだという。だから、テレビは持ち込ませなくなっていたのだそうだ。


鬼そのものを見た訳ではないが、占いで鬼という言葉が出てきたという話もある。なかなか珍しい占果かと思うが、それでも違和感がないのが京都かもしれない。

昭和の中頃というからかなり昔の話ではあるが、よく当たる占い師がいるというので、Kさんは試しに占ってもらうことにした。その占い師は二十代前半に見える若い女性で、目を瞑《つむ》って筆を手にすると、しばらくして身体が揺れてきて自動筆記のように文字を書いたそうだ。

乱れてはいるが、〝鬼〟〝踏〟と読める文字がある。

普段の占いでは、読めない字があるほどに筆が乱れることはないそうで、占い師は困ったような、申し訳なさそうな顔をしていたそうだ。そんな異常さに加えて、とても不吉な占果で、自分は鬼に踏み殺されるのではないかとKさんは恐れていたという。

しかし、Kさんは現在も元気である。ただ、その占い師の話を聞かなくなったそうだ。あくまでも噂なのだそうだが、その占い師は圧死したのだという。

「アッシやったそうですよ」と言ったKさんの発音がやけに禍々《まがまが》しかった。

何にどうやって押し潰されたのかまで伝わってはいない。

私の母方の親類は京都の人間だ。これは、子供の頃にその親類から聞いた話である。体験談というよりは昔話なので、現代怪談の中では浮くかもしれない。けれど、面白い話なのでご紹介する。

勝手に動く小舟が、朝霧の中、見えたのだという。誰も乗っていないのに、船だけが流れに逆らって進んでいく。

霧が晴れた頃、その舟が岸で止まっているのを見つけ、皆で岸に上げて、それ以上変なことが起きないようにと壊した。

その時に、舟底に醜悪な鬼の顔が彫られているのが見つかった。何者かがそういう術を舟に仕掛けたのではないかと、破壊に携わったものは祟りをひどく恐れたという。

後日、それらの者に特に障りのようなものはなかったそうだ。

そして、現代。

Iさんが、朝霧の立つ木津川《きづがわ》の上流で、誰も乗っていない小舟が軽快に遡《さかのぼ》っていくのを見たそうだ。

古風な木製の小舟で、人はおろか、漕いでいる櫂《かい》も見えない。進んでいく舟が小さくなっていくのを艫《とも》の方から見ていたが、エンジンは見当たらず、水を切る音だけを響かせていたという。

残念ながら、舟底がどうなっているのかは見えなかったそうだ。

五人の老婆

夜八時頃に散歩がてらコンビニまでAさんは歩いていた。近々取り壊されるという誰もいないはずの空きアパートの傍を通った。

なにやら違和感を覚え、足を止めた。

その原因がわかった。一階の一部屋に明かりが点いているのだ。

おかしいなと思って少し近付くと、人影が見えた。これは不法侵入じゃないかと思い、警察に連絡した方が良いと思い至った。ただ、見間違いの可能性もある。よく見ようとその部屋の窓に近付く。取り壊し寸前の家だけあって、窓ガラスに割れた箇所がある。その割れ目から中を覗いた。

人がいた。

計五人。いずれも、腰の曲がった年配の女性だ。誰もAさんには気付いていないようで、手にした鍬《くわ》を床に打ち下ろしている。そこを耕しているようなのだ。なぜか、部屋の中は畑のように土が剥《む》き出しになっていた。そこを五人の老婆が耕していたのだ。

現実離れした光景に目を疑ったけれど、実際に五人が見えているので、Aさんは窓から離れて、警察に連絡した。

慌てていたので、「誰も住んでいないアパートにお婆さんが勝手に入っている」と、その場所を詳しく告げなかったのに、

「それってXXアパートですよね」と電話の向こうから指摘された。

その通りなので驚くと、「それでしたら、問題ないですよ」と言われる。

え？　とAさんは部屋に目をやると明かりが消えている。アパートの出入り口に回るが、誰も出て行く姿が見えない。周囲にもそんな人影すらない。あのお婆さんたちがそんなに早く移動したとは思えない。消えたとしか思えない。

電話の向こうからは、「お婆さんが五人ですよね。よく通報があります。でも、こちらが到着前には消えているんですよ」と宥《なだ》めるような口調で言葉が返ってきたという。

明るいうちに改めて件の部屋に行ってみると、床はフローリングで、土などにはなっていなかった。

Tさんが名神高速道路の京都南インターと大山崎ジャンクションの間を愛車で走っていると、中央分離帯に複数の人影を認めた。

五人いる。

助手席の奥さんもその姿に気付いた。Tさんは運転をおろそかにできないのでじっと見ていなかったけれど、奥さんはずっと目で追っていた。

皆、鍬を手に耕している。全員ともが腰の曲がった老婆だ。ずっと下を向いているので目は合わなかったし、顔をはっきりと見たわけではないが、お婆さんだと思ったそうだ。

Wさんは、前述のAさんとTさんの共通の友人だ。その三人で飲んでいたときに、Aさんから変なモノを見たとして、前述の五人の老婆の話がでた。それを聞いて、関係がありそうだと、Tさんも高速道路での話をする。

「厭な話だな」とWさんは顔を歪めて、酒場の窓を指さした。

外に、鍬を持って耕す五人の老婆の姿があった。

Aさんも Tさんも声を上げて驚いている。二人とも、自分が見た五人の老婆と同じではないかと思った。我に返った三人は実在のものか確かめようと、席を立った。そのときに、少し窓から目を離した。それくらいのちょっとした時間しか目を離していないのに、五人の姿が消えていた。

Aさんがあのアパートで見た五人はそこで他の人も見ているので、アパートにいるもののように思える。その五人が高速道路にも、酒場の外にも来たのだろうか。それとも、それぞれの場所に別の老婆が五人いるのだろうか。色々考えられるが、真相はわからない。

酒場で見た五人は、Aさんたちが話をしているのがわかって現れたように思える。そうであれば、取り憑かれた可能性がある。それで心配になったそうだが、それから三人は老婆たちを見ていない。

アジサイ

Eさんが子供の頃の話。

母親に連れられて、ある庭園に行った。そこは空いていて、気兼ねなく散策できた。いつの間にかEさんは一人でまわっていた。子供のEさんの背丈よりも高い木々の間に道が走っている。通路のようになった木々の間をEさんは一人で歩いていたのだ。母親に、別行動するように言われたようにも思うが、今思えばはぐれたようでもある。ただ、そのときは迷子になった不安感はなかった。だから、一人で見てきなさいと言われた可能性もあるという。

水の流れる音が耳に入ってきた。興味を覚えたEさんは音の方に行ってみた。

アジサイがいっぱい咲いている。花の群れの間に脇道があった。その先から音がしている。そこを奥まで進むまでもなく、アジサイの陰から覗くと、俯《うつむ》く女性が目に入ってきた。

水の音がする訳がわかった。その女の口から水が出ているのだ。洗面台の蛇口を全開にしたくらいに凄い量の水を吐き出している。

話しかけるといけない。それどころか見つかっては良くない気がしたので、そっとそこを後にした。

後ろから流水の音はずっと聞こえていた。

しばらく進むと、音が前からも聞こえてきた。その風景に何か見覚えがある。アジサイの花が密集している。あり得ないことなのだけれど、その先にあの女がいるように思えた。

その奇妙な考えを確かめるように、Eさんは足を進めた。アジサイの間の小道に顔を覗かせる。

いた。

櫛《くし》をいれていないのがわかる乱れた長い黒髪で顔は隠れているが、大きく開いた口だけは、はっきりと見える。そこから、大きな幅で水が流れている。身体にそんな大量に水が入っているものかと思えるほどの水が口から出ているのだ。

それが怖くて、Eさんはそこをゆっくりと離れた。

水の音を背に木々の間の道を進む。

が、また前方から水の音がする。その光景は同じ。アジサイの奥であの女が水を吐いている。それを幾度か繰り返した。

どうすれば良いのか、と途方に暮れる。その場に腰を下ろすと、背後からの水の音が大きくなってきているのに気付いた。

振り向くと、髪を乱した女が近付いてきていた。その女は口から大量の水を吐き出していた。

Eさんは腰をあげ、女から逃げた。しかし、背後からの水音は大きくなる。足に水がかかって、濡れるのがわかる。

と、肩を掴まれた。

うわああっ、と声を上げたところまでは覚えている。

次に気付いた時には、病院のベッドで寝ていた。車にはねられていたというのだ。

不思議なことに、見つかったときには、パンツの中にいっぱいアジサイの花が詰め込まれていたという。

この体験を母親に話すと、そんな庭園に連れて行った覚えはないと言われたそうだ。

悪魔崇拝の会

Fさんは、ある悪魔崇拝の怪しげな教団に入信したことがある。失恋で落ち込んでおり、もうどうにでもなってしまえと、退廃的なことをしたかったというのだ。ただ、その教団の謳《うた》い文句に、悪魔に魂を売れば何でも望みが叶う、というのがあった。

何でも、望みが叶う。

ほんまやな。

いくら自棄になっているとはいえ、百パーセント信じた訳ではない。どこかに醒めた自分もいる。ウソだろうけれど、叶えばラッキーくらいに考えていたという。

ただ、その教団は入会金が当時でも百五十万円、毎月の会合の参加費用が十五万円と高かった。もう、胡散臭《うさんくさ》い詐欺教団であることが半ば見えているのだが、バブルの頃で金回りだけは良く、自暴自棄になっていたからそれでも良かったのだという。

入会してから最初の集会があった。指定された会場に出向くと、中古マンションの一室だった。考えてみれば、大きなホールを借りたりする活動ではないし、寺や教会が場所を貸してくれるとは思えない。ただ、なんでも望みが叶う教団だったら、同じマンションの一室でもこんなみすぼらしい場所ではなく、セレブしか入られないようなところを使えるのではないかと思った。

また、出迎えた者にも違和感があった。ジャージ姿で貧乏くさいし、なんだか今で言う意識高い系の逆、意識低い系とでも表現できる、身だしなみに注意を向けていない、やる気のなさが感じられた。悪魔崇拝の邪教なのだから、もっとそれらしい格好をすれば良いのにと思った。これを見ても望みが叶うという気がしない。

Hと名乗るその男は、邪魔くさそうにFさんを奥に招じ入れた。

中は思ったほど狭くはなかった。いや、十数人のダンスのレッスンくらいは可能な広さだった。

奥に悪魔の像があった。崇拝対象であるインデルフォンサなる（……みたいな感じの名前だったという）悪魔の偶像である。それはマネキンを加工したものだった。紙で作ったようなチャチな捻《ねじ》れた角が付いていた。傘でも利用したのだろうか、金属製の骨が何本か走った翼がついている。バフォメットを参考にでもしたような造形で偽物臭い。しかも、子供なみのクオリティの低さだ。悪魔像の前にはロウソクが並べられているが本物ではなく、安っぽい電球がロウソクを模した白い柄の上についていた。なぜか、季節外れで場違いなアジサイが大量に飾ってあった。それが、悪魔の禍々しさや日本にはない神秘性とはほど遠いので、一層、悪魔崇拝の儀式の場らしく思えなくさせていた。

入会金百五十万円、参加費十五万円の会合のセッティングにしては、金がかかっていないうえに、努力も足りない。期待はどんどん下がっていった。

それにしてはFさんを含めて新規入会者は五人もいた。みんなむさ苦しい男たちばかりだ。もしかすると、このあと美女たちが入ってきて、性の秘技で虜《とりこ》にされるのではないかと、精神的なバランスをとるような妄想を頭に描いたが、実際には左側に設置された大画面モニタで教団紹介ビデオを四時間も観せられるだけだった。

そんなダメダメな状況の中、Fさんは飾ってあった写真に目が行った。

赤茶けた地面に血塗れの人が沢山倒れている。手足がちぎれているし、腸などの内臓も出ている。作り物だろうと思おうとしても、これは本物の死体であるという気持ちが浮かんできて、消せなくなるのだという。死体だけでなく、そのなんだか不吉な空気を感じさせる赤っぽい場所が不安にさせるのだそうだ。

凄く厭な気分になる写真だった。

その写真から目を離せずにいると、肩を叩かれた。見ると、Hさんだった。嬉しげに微笑んでいて、何度も頷いている。

「それに目を付けるか」流している洗脳ビデオに気兼ねしていないような音量でHさんは話しかけてきた。

Fさんは何か企みでもあるのかと心配になってHさんの目を見た。見てみたはいいが、それでは判断が付かず、仕方ないのでFさんは正直に頷いて肯定した。

「ここに来るのはバカばかりだと思っていたが、まともなヤツもいるもんなんだ」

辺りをはばからずそう言い放つHさんに、何を言うのだとFさんは呆気にとられ、何も口に出せなかった。そんなFさんの右手首を掴むと、Hさんは立ち上がった。Fさんはそのまま一緒にその部屋を出た。引っ張られるままに付いていった先は喫茶店だった。

そこでHさんはつまらないビデオを観て時間を損するよりは、こうしている方がましだろうと、教団を否定するようなことを口にした。親しげな口調で、腹を割ったような物言いにFさんは好意を持ったという。ビデオが終わるまでの時間、そこで世間話をして過ごしたそうだ。

Hさんは教祖の従兄弟《いとこ》の子だった。教祖のことをある程度知っているので、彼にとってはカリスマ性はなく、単なるオジサンなのだそうだ。それで、教団の仕事を手伝ってはいるが心から信仰しているわけではないという。

悪魔像や祭壇などについてHさんもチャチすぎてどうかと思っている、とFさんにはかなり腹を割って話してくれた。

しかし、Hさんはあの写真だけは本気で怖がっていた。あれだけはガチなのだという。

ガチというと、戦場にでも行って写してきた惨状なのかと思え、Fさんはそう訊いてみた。

「いいや。オジサンは外国には行ってないぜ」Hさんは歯を見せた。「異界には行ってるけど」

「異界？」

「そ、地獄にな」

へ？　あまりにも想定外の言葉なので、Fさんは呆気にとられた。

「つらい場所を喩《たと》えて地獄と言いはするが、そうじゃない。本当の地獄さ」

「地獄ってあの地獄ですか？　まさか死んだことがあるとか？」

「それは知らねえ。けど、オジサンはな、土の中から仮死状態で見つかったんだ。そのときに、持ってたカメラに入っていたフィルムを現像したのがあれなんだよ」

「それってヤバいものを撮ったから埋められたとかじゃないんですか？」

「もしそうならそのカメラは取り上げられるだろう。そんな写真を残すはずがない。確かに、死体が転がってるからヤバい光景ではあるけども。あれは本当の地獄の光景を写したもんだぜ」

その言葉を聞いてFさんは全身に鳥肌が立った。あの写真にはその言葉を信じさせる迫力があった。あんな光景は地球上には存在しないのではないかと思えたという。

「ていうか、オジサン自身がこれは地獄だ。そこで撮ったもんだ。そこで悪魔インデルフォンサに許されたのだ、と言ったんだから本当なんだろう」

「インデルフォンサってデタラメに付けたものじゃなく、謂われがあったんですか」

「言うねえ」Hさんは笑った。「オジサンはその悪魔に救われたのが嬉しいのか、騙されて操られているのかは知らんが、楽しそうにこんな活動をしているんだよ。どうも、これがオジサンの望みみたいなんだよな。バカだから他の望みだってしょうもないんで、全部叶っても所詮はあんななんだけどさ」

そんな話を聞いて、Fさんはその教団の願いを叶えるという主張をちょっと信じる気になったという。

ただ、その次の集会はなかった。教団とは連絡が付かず、教祖が金を持ち逃げしていたのだ。インデルフォンサに護《まも》られているのだろうか、いまだにあの教祖は捕まっていないそうだ。

心霊写真を買ってください

　Kさんが四条通りを烏丸《からすま》から大宮《おおみや》の方に歩いていると、突然「心霊写真買ってください」と見知らぬ人に話しかけられた。

　年格好は自分の上司と同じくらいで、小太りの男性だ。小柄なKさんよりもまだ小さく、Kさんは視線を下げて話していた。大人相手には珍しいことだ。男は、少しおどおどしていて、Kさんはこの人のために時間を使いたくないと思ったという。それにこんな人通りの多いところで心霊写真の売買など、心霊写真といういかがわしい言葉が混じる会話をする時点で恥ずかしい。だから、実は心霊写真という言葉には少し惹かれるものはあったけれど、要りません、と冷たく断った。

　男は肩を落として去って行く。

　その後ろ姿がいかにも気の毒なので、Kさんは呼び戻した。端に寄っても人が多いので、少し先の路地に二人で入った。傍に並んだ男は、肩にかけたボストンバッグを下ろすと、中から写真の束を取り出した。アルバムに入れたらいいのにと思うが、剥き出しだった。

目に入ってきた写真は、若い男性が拳を突き上げているものだった。右手を握って高々と上げている。その右拳に赤いペンで丸が描かれている。そこを強調しているのだ。もう一点、強調している部分があり、それは地面に付いていた。その男性の影が地面に落ちており、赤丸の中には右手の先が入っている。なぜか、影の右手は拳ではなく、指を開いていた。指は三本見える。間隔からすると、親指と中指と小指だけれど、もともと三本指の手にも見える。それに気付いて、Kさんは鳥肌が立った。

男はその写真を束の上から捲《めく》るようにして取った。その行動にKさんは呆気にとられ、えっ、と声をあげた。男に顔を向けると、男は歯を見せて嗤《わら》っていた。それがとても不気味な表情だったのでKさんは身を竦めた。

男は自分の視線をKさんの目から外し、Kさんの手元に移した。つられてKさんもそちらを見てしまった。そこには違う写真があった。

四人の男女が横並びに写っている。年齢構成からいって家族写真のようだ。右に両親がいて左の二人はその娘たちだろう、二人の姉妹が写っている。ここでも強調の赤丸が付いていた。それは四人全員の顔の中心にあった。どうやら鼻を囲んでいるようだった。

なぜか、みんなの鼻がブタのようになっていた。二つの大きな鼻孔がこちらを向いて開いている。人間とは思えない大きさと構造だ。

Kさんはこれにもゾッとした。

視界に男の手が見えた。また写真をとって次を見せようとしていると悟った。それで、Kさんは写真を持つ手を引っ込めた。

男の顔が視界に飛び込んでくる。こちらを見上げている。眼差しは明らかに批難していた。

「なんですか？」Kさんは敢えて挑戦的な口調で言った。文句あるのか、とでも言えばよかったとすら思った。

男は嬉しそうに笑った。その顔になんだか腹が立ってきた。

「気持ち悪いんだよ」と、写真にもそれを売る男にもそんな評価を下した。

「心霊写真ですからね」と男は得意げな顔をした。それが小憎らしい。

「全部作り物なんだろ」Kさんは強い口調で言い捨てた。

男は誇らしげな笑顔を全く崩さなかった。それにはKさんが怯んでしまった。

「これ」と言って男は持っていた写真をKさんの持っている写真の上に重ねた。「本来はあなたのものだから」

その言葉に意表を衝かれて、Kさんは身を引いた。なぜか、一瞬、思い当たる気がしたのだ。被写体は全て見知らぬ人物たちなので、違う、と記憶を頼りに否定する。が、今、思い浮かばないだけで、記憶の奥底に閉じ込めた厭な思い出があり、その一つがこれらの心霊写真を捨てたことのように、なぜか思えてくるのだ。

そんなKさんの表情には出していないはずの動揺を感じ取っているかのように男は「他のものもちゃんと見てみないと」と批難の言葉を口にした。「気付いたんでしょ？　もう後戻りはできないんですよ」

「こんなの、知らない。俺のモノじゃない」

「いや、他のを見なよ。そしたら、もっと思い出すから」

そう言いながら男はKさんの手の中の束に手を伸ばした。それを逆手にとって、Kさんは束ごと渡した。

男は渡された束から視線をKさんの顔に移した。驚いたような表情をしていた。

「とにかく、要りませんから」

男は目を細めた。眉《まゆ》が歪んでいる。

「後悔するがいい」

男はそう吐き捨てて立ち去った。

その後ろ姿が急に赤くぼやけてきた。自分でもわからないが、涙が目にあふれてきたようなのだ。

その涙が赤いに違いない。そう判断できた。痛みはないが、赤いのだから血が出ているのかもしれない。

尻のポケットに入れたハンカチを取り出した。目を押さえたそのハンカチが真っ赤に染まっていた。

後日、眼科で検査したが、どこかに傷が付いていた訳ではなく、視力が落ちてもいなかった。ただ、不意に視界が真っ赤になってしまうことが今でもあるのだという。

田辺青蛙

たなべ・せいあ

『生き屛風』で日本ホラー小説大賞短編賞を受賞。著書に『魂追い』『皐月鬼』『あめだま　青蛙モノノケ語り』『モルテンおいしいです^q^』『人魚の石』など。共著に「てのひら怪談」「恐怖通信　鳥肌ゾーン」各シリーズ、『怪しき我が家』『怪談実話　FKB饗宴』、『読書で離婚を考えた』など。

松葉のお蕎麦

京都怪談の依頼を受けたときに、最初は戸惑ってしまった。

京都と言っても私が住んでいたのはペンネームの由来になった京田辺《きょうたなべ》で、あまり京都市内のことには詳しくないし、既に多くの人が京都に関する怪談本を出していたからだ。

依頼を受けてから、数日間キョウト、キョウトと出来の悪い鶯《うぐいす》のようにつぶやく日々を過ごしている最中、ふっと、小さい頃叔父の蜷川さんから聞いた不思議な話を一つ思い出した。

それを切掛けに幾つも泡のように立て続けに思い出し、書いている間、こんなことも覚えていたのかと自分で驚いてしまうこともあった。出来の悪い脳みそを震わせながら書いた話は怖いというより、不思議な内容が多いけれど、こんな怪談もあるんだよということで、勘弁して欲しい。

蜷川《にながわ》さんは、建築関係の仕事に就いている人で私の親戚の中では珍しく、もじゃもじゃの癖っ毛で背が高く浅黒く日に焼けていた人だった。どんな経緯でそうなったのかは思い出せないのだけれど、そんな蜷川さんと父と私とで、松葉《まつば》に蕎麦《そば》を食べに行った。

有名な店なのでご存知の方も多いと思うけれど、松葉は南座《みなみざ》の隣にある創業文久元年の老舗で、名物は鰊《にしん》の甘露煮を乗せた鰊蕎麦だ。窓の外からは賑やかな人通りと道を隔てて鴨川《かもがわ》の流れが見える。

箸の先で甘辛く煮た鰊の身を箸でほろほろと崩してから、琥珀《こはく》色のお出汁《だし》から蕎麦を引き寄せてするすると口に運んでいると、蜷川さんが「鰊蕎麦に入っている甘露煮ってどうやって作るか知ってる?」と聞いてきた。

私は今もそうなのだが、料理というものは全く出来ないので首を横に振ると、作り方を教えてくれた。なんでも、一週間程お米のとぎ汁に身欠《みが》き鰊を浸して戻し、それから醤《しょう》油《ゆ》や味醂《みりん》などでコトコトと煮るらしい。

気が遠くなるほど手間がかかる料理だ。

しかし、上には上があるというか、さらに手間がかかる料理があるらしい。

蜷川さんは、棒鱈《ぼうだら》の甘露煮の作り方について聞かせてくれた。

「鰊の甘露煮と同じように魚を干して、乾かした棒鱈を水でもどして作るんだよ。お正月には欠かせない料理なんだけどね、最近は作るところも減ったからかなあ、お節にもあまり入ってないよね。やっぱり手間がかかり過ぎるからかな。僕が子供の頃、暮れになるとカッチカチの石みたいに固く干された棒鱈の束を親が持ってきてね、井戸水で戻す役割は僕の仕事だったんだ。

水は小まめに変えないと生臭くなって美味しくないから、結構あれが面倒でね。小さいのなら一週間くらいで柔らかくなるんだけど、立派なのだと戻すだけで十日もかかっていた。今思えばお節料理は家中が総出で作る大仕事だったんだなあ。

三日か、四日目かな、ちょっと棒鱈が柔らかくなりはじめた頃にね、お腹が空いてたからちょっと指でほじってつまみ食いしてたんだよ。

味もついてないし、大して美味しいものじゃなかったんだけど、こっそりっていうのが良かったのか、つい夢中になっちゃってね。

固いから少しずつしか取れないんだけど、気が付いたら随分食べちゃってた。

手も指も魚臭くって、でも食べるのが止められなくって、そんな時、とんとんっと後ろから肩の辺りを叩かれたんだ。親かな？　って思って振り向いたら、そこに一つ目の大きなおばさんがいたんだよ。

吃驚《びっくり》しちゃってねえ、人を呼ぼうとしても声が出ないんだよ。

服装は普通のどこにでもいるおばさんで、目だけがね、鼻の上に空いた穴みたいに真ん中に一つだけでパッチリしていてね。

驚いている僕には興味なかったのか、体を揺するようにゆっくり歩いてから、棒鱈の入ったバケツをこう両手で持ってね。バケツを傾けるとごくごくと濁った戻し水を飲み始めたんだよ。一つ目のおばさんは、水を全部飲み干したら、口をゴシゴシと着ていたセーターで拭って、庭から外の道に出てどこかへ行っちゃったんだよ。あれは何だったんだろうなあ」

父は義弟の話をどんな表情で聞いていたかまでは覚えていない。

その年のお正月に、祖父母の家で親族の集まりがあった。

私は、お節に棒鱈が入っていたので、蜷川さんにかつて聞いた一つ目のおばさんに、戻し水を飲まれてしまった話をせがんでみたところ、「何の話？」といって取り合ってくれなかった。

しかし、中学校に上がる前の年に、再び蜷川さんと松葉に行くとまた、同じ話をしてくれた。

私は納得がいかなかったので、どうしてあのお正月の時には話してくれなかったのかと聞くと、いつもにこやかな蜷川さんの表情が急に曇り「家ん中で話したらな、ヤバイから……」ということだった。

どうして何がヤバイのかも聞いたのだけれど、答えてはくれなかった。

妖怪ストリート

高橋さんは、お化け屋敷で使う脅かし役の人形を作っている。

お化けの顔も流行《はや》り廃《すた》りがあり、化粧やヘアメイクの勉強会にも参加しているそうだ。

あまり古臭い顔だと怖くないし、急にリアリティが失せるという。

そんな高橋さんが、某遊園地に頼まれた脅かし役の人形を作っていたのだが、どうも上手くいかず、いら立っていた。

迫る納期、しかし手掛けている人形が望んでいる姿にちっとも近づいてくれない。弄《いじ》れば弄るほど、崩れていき、気持ち悪いだけの表情になっていく。

もう駄目だと一旦作業を中断し、気分転換に散歩に出た。

行先は特に決めず、何かいけないのか、どうすれば思い通りの物に近づけるのかと考えながら出鱈目《でたらめ》に歩き続けた。空気が澄んでいて、身を切るような寒い日だったが、小走りで進むと体が温まってきた。

相変わらず、今ある人形がどうすればよくなるのか糸口すら掴めていない。

いっそ全て崩して、ゼロから作り直した方がいいのだろうか、でもそうすると納期には間に合わない。

納期を延ばして貰う相談をすべきだろうか、でもそんなことを言ったら他の人にこの仕事を振られてしまうかも知れない。不安や苛立ちばかりが大きくなっていく。

京都の夜の街を足が痛くなるまで移動し続け、のどが渇いたので自動販売機でお茶を買った。

一口お茶を飲み、汗を拭いた。今自分はどこにいるのだろうと、携帯電話の地図アプリで位置を確認すると北野天満宮《きたのてんまんぐう》の近くにいることがわかった。ここからもう少し歩くと、一条《いちじょう》妖怪ストリートがあることを思い出し、何かいいアイディアにつながるかもと、行くことに決めた。

『一条妖怪ストリート』こと大将軍商店街は、百鬼夜行が通った伝説があり、それに基づいて妖怪で町おこしを行っている商店街だ。

妖怪フリーマーケットの『モノノケ市』が開催されている時に、高橋さんは何度か来たことがあったけれど、夜のこんな遅い時間に妖怪ストリートに来るのは初めてだった。

商店街は開いている店はなく、しんっと静まり返っている。

汗も引いて急に体中が寒くなってきた。風邪でもひいたら大変だな、何も特にないしそろそろ帰ろうかな。こんな時間じゃ電車もないし、タクシーで家まで帰ると幾らくらいになるだろう。両手に息を吹きかけながらそんな事を考えつつ、とぼとぼと歩いていて地蔵《じぞう》院《いん》の門の辺りを過ぎた頃、急に鐘の音が聞こえてきた。

それも、ゴーン、ゴーンというような音ではなく、ボンボンガンガン！　というようなトンカチやバットで滅多打ちしているような無茶苦茶な音だった。

音の方向からすると、地蔵院ではなく、少し離れた場所から聞こえているようだ。

時計を見ると、夜中の三時少し前、時報にしても中途半端だし、夜には撞かないだろう。どこかのお寺で火事か何か災害でも起こってそれを知らせているのだろうか？

辺りに煙でも上がっていないかと見まわしてみたが、何もない。

鐘の音は、ますます激しく鳴り響いている。

煩《うるさ》くってたまらない。さすがにこの音量じゃあ、近所迷惑になるだろうに、どうして誰も外に出て音に文句を言わないのだろう。

耳を塞ぎ、その場から離れても鐘の音量は変わらず、周りの家や店は静かで、電気も点かないし「なんだこの音！」と外に飛び出してくる人もいない。

そこで、高橋さんはもしかしたらこの音は自分の頭の中だけで、鳴り響いているのだろうかと思い「鳴りやめ！　鳴りやめ！」と言いながら手でポカポカ頭を叩きながら、歩き、途中で見つけたタクシーに飛び乗って家に戻った。

家に入ると、靴を脱ぐのすらもどかしい程の疲れと眠気に襲われ、玄関の脇で眠り、薄暗いうちに目覚めた。

すると、なんだか体が震える程の創作意欲が湧いてきて、あっという間にその日の昼過ぎまでにずっと悩んでぐずぐず弄り続けていた人形を完成させることが出来た。

その時の人形は某遊園地で、声を出すほど怖がられて評判になったそうだ。

雨ごい石のおねしょ

『雨ごい石』と呼ばれる石が同級生の畑の隅にあった。

石は全体的に薄い緑がかった青色をしていて、てっぺんの部分に白い筋のような模様が走っていた。近所の人が、阿波《あわ》の青石ではないか？　と言っていたが真偽は分からない。

ただ、近所の人はその石を『雨ごい石』と呼んでいて、三回しゃもじで叩くと雨が降るだとか、石の上で月経中の女性が正座をすると雨が降る、ミミズを日干しにしたものを置くと雨が降るだのとにかく方法に違いはあれど、この石で何かすると雨が降ると言っていた。

その同級生の家は広かったので、クラスメイトが集まる遊び場になっていた。

いつも家にいたお婆ちゃんは優しく、土間に置かれた火鉢で色んなものを炙ってお菓子に出してくれたし、時々ポン菓子売りも呼んでくれた。

固いお米の粒がポン菓子機の圧力で膨らんで、バーン！　という大きな音と共に取り出され、ふわふわに膨らんだお米に煮詰めた飴を絡めたものをビニール袋一杯に詰めてくれて、それを皆と一緒に畑の縁や、雨ごい石に座って食べた。

ある日、その子の家に遊びに行くと、雨ごい石の場所が違っていた。いつも畑の隅にあるのに、家の門の前に置かれていたのだ。それだけじゃなく、遊び場であった子供部屋に行こうとすると、止められた。理由を聞くと臭うからということだった。実際、部屋の近くに行くと、ぷんっと鼻に獣臭さの混じった犬のおしっこのような臭いがした。

土間に行くとお婆ちゃんが欠《か》き餅を炙《あぶ》っていたので、何かあったのか聞くと「石が雨を降らそうと思って、家の中で間違って粗相しちゃったみたいだからね」という返事だった。「ソソウ」の意味がよく分からなかったので、もう一度聞くと、石がおねしょしちゃったのよということだった。

なんでも、同級生の部屋の中に石が朝起きるとあって、畳に染みとおるほどのおしっこが石の下から出ていたという。

クラスメイトは同級生がおねしょをして、それを石のせいにしたのを、お婆ちゃんが庇ったのだろうという意見で落ち着いていたようだったが、わざわざおねしょ隠しの為にそこまでするのは大げさ過ぎる気がする。なので、本当に石が雨でなく、おしっこを家の中で降らせたのかも知れない。

神隠し

ふと、鮎《あゆ》を食べに行こうと思い妹と二人で嵯峨野《さがの》にある『鮎の宿　つたや』に行くことに決めた。祖父が好きだった思い出の店で、私はたまに『つたや』の鮎が食べたくなる。

ただお値段が結構するのと、遠いので行くのは二、三年に一度と決めている。

予約していた時間よりもかなり早くついたので、折角久々に嵯峨野に来たのだから妹と一緒に辺りを散策しようということになった。

化野念仏寺《あだしのねんぶつじ》を過ぎ、青紅葉を見ながらてくてく歩き続けると、観光地の近くだというのに急に人通りも途絶え、先には薄暗く長いトンネルが見えた。

山から風が下りてくるのか、夏の最中だというのに肌寒く、辺りの木々がぞわぞわと風に揺れるのが不気味だった。

「お姉ちゃん、引き返そう」と妹に言われて私も頷いたのだけれど、トンネルの先から女性の声が聞こえてきた。

「●●～？　●●いる～？　●●聞こえてる～？」

トンネル内で音が反響して何を言っているのかよく分からないが、もしかしたら誰か助けを求めているのかも知れないと思い携帯電話を握りしめ、薄暗いトンネルを進むと白いロングガウチョに、サマーニット、茶色のベレー帽を被った女性が一人で立っていた。

私と妹が、どうしましたかと声をかけると、犬を探しているということだった。

よく見ると手には赤い首輪のついた解《ほつ》れかけたリードを持っている。

「犬が逃げちゃったんですか？」

「ううん。ここでね、消えちゃったんです。普通にお散歩してたら、シュンッ！　って」

「走って逃げた？」

「いえ、違うんです。首輪とリードだけ残してモモだけが煙みたいに消えちゃったんです。ここで」

女性はトンネルの地面を指さした。

その後携帯を取り出して、かわいらしいヨークシャテリアの画像を見せてくれた。

「調べたことあるんですけど、ここ時々神隠しがあるみたいで。だから、もしかしたら戻って来るかもって、ここでモモを呼んでるんです。もし、モモを見つけたら連絡して下さいね。神隠しって、遠くの思いもかけない場所で見つかることもあるって聞いてるんで」

私と妹は、手書きの連絡先の書かれた名刺を貰い、足早にトンネルを後にした。

背後では、ずっと女性がペットを呼ぶ声がしていた。

『つたや』で鮎を食べている間も、なんだか愛犬を探し続けている女性のことが気になっていたので、食後に再度トンネルに戻ったのだが、そこには誰もいなかった。

チャイム

もうずいぶん前の話になるけれど、京田辺の実家に住んでいた時、夜中に時々小学校のチャイムの音が聞こえてくることがあった。

うちは大住《おおすみ》小学校と、松井ケ丘小学校の中間地点にあるので、そのどちらかの学校のチャイムが故障していたのか、それとも誰かが夜中に忍び込んでいたずらで鳴らしていたのだろうか。数か月に一度のペースで夜の十二時や二時という、とんでもない時間に「キーンコーンカーンコーン　キーンコーンカーンコーン」という音が聞こえていた。

深夜のチャイムの音は不気味で、聞いた日の夜はなんとなく眼が冴えてよく眠れなかった。

ある日、夜中にチャイムの音が二回続けて鳴った後、パチッと何かスイッチが入るような音がして「あー、おわります。おわります。いやですね」と男性の声でアナウンスが聞こえた。

ただそれだけなのだけれど、その声が凄く不気味だったので、夜中にチャイムが鳴るたびにあの声がまた聞こえるのではないかと思うと怖くて、とても嫌だった。

もうここ数年、京田辺の実家に泊まっていないので今も夜中にチャイムが鳴っているのかどうかは分からない。ただ、以前京田辺で怪談会をした時に夜中に「学校放送をはじめます」と子供の声の後に大人女性の「キャハハハハ」という笑い声のアナウンスを聞いたことがあります。あれ、どこからか分からないんですが、もしかしたら小学校の方だったかも知れない……という話を聞いたことがある。

京田辺の竹藪

中学校への通学路には、細い竹藪《たけやぶ》の小路があった。

五月頃になると、竹の葉が一斉に黄色くなりハラハラと落ちる様子は、日の光を受けて小判が舞っているように見えた。近くには濃緑色の池があり、釣り人が糸を垂れているのをよく見かけた。

そんな風に明るいうちならば風情もある楽しい通学路だったのだが、暗い日や雨の日は違った。私が四、五歳の頃に時効になったそうだから、随分古い事件なのだが、その竹藪で女性の遺体が発見されたと聞いていたからだ。

そのせいか、私は見たことはないのだが、青白い火の玉が飛んでいただとか、恨めしそうに佇む女性の幽霊を見かけたという噂話を何度も聞いたことがある。

最近開発が激しく、高層マンションが次々と建ち、駅近くにはホテルやショッピングモールが出来たが、その通学路の竹藪だけは、私が子供の頃と全く変わっていない。

近く、新幹線が通ると言われている地域とは思えない程、その竹藪の小路だけは、静かでそして気のせいかも知れないが、雨の日は何かが潜んでいるような気配を感じることがある。

捕まえた

時効になった遺体遺棄現場の竹藪の近くの話。

小学生を対象にした怪談会を京田辺でしたことがある。

所謂《いわゆる》学校の怪談のような話が多かったのだけれど、一つだけ異質な内容の怪談があった。

「あのなあ、竹藪で探検してたら、五センチくらいのめっちゃ凄い虫おってん。見ためは蟬《せみ》やねんけど捕まえたら、天ぷらを揚げた時みたいなぶちぶちって声で鳴いて飛んでったら。赤い汁が手についててめっちゃ臭かった」

話をしてくれた少年に、竹藪であった事件について知っているかどうかを確認してみたら「何かあったんは知ってるけど詳しくは知らん」ということだった。

「てのひら嗅いだら、まだちょっと変なにおいするし」

試しに少年の手を嗅いでみたが、汗と畳の匂いしかしなかった。

宇治のタクシー運転手から聞いた話

年金暮らしで、小遣い稼ぎになればと思いタクシー運転手を始めたというSさん。

天ケ瀬《あまがせ》ダムに通じる道にタクシーを停め、仮眠を取っていた時に、何か異様な気配を感じ目を開けると、べったりと顔をサイドガラスにくっ付け、舌で嘗め回している男がいた。

どれくらい前からそんなことをされていたのか分からないが、フロントガラスも、バックにも、蛞蝓《なめくじ》が這いまわったような白い痕がついている。

ひとまず、ドアをロックしブーブーとクラクションを鳴らし「何してんねん、あっち行け！」と言ったが、男は舌を這わせ続けるのを止めない。

困ったのだが、相手は自分より体格のいい男だし、トラブルは避けたい。

仕方がないので、無線で仲間を呼ぶと決めた。

無線で現状と場所を説明すると、分かったと言って同僚が来てくれることになった。

そして、同僚のタクシーが来ると走って男は逃げていき、自分も消えた方に追いかけていったが、見失ってしまった。

「気持ち悪いからすぐ、洗車してね、変態覚えとれよと思ってカッカ来てねえ、頭に血が上ってるし事故したらあかんからってその日は早上がりしました。

そしたら、俺以外のもんが同じタクシーで同じようにその日男に窓ガラス嘗め回されたって翌朝聞いてね、なんか不気味に思いましたよ。

そいで、しばらく気持ち悪いからあの車使わんとこかって言ってたら、嘗め男から手紙が来たんですよ。

結構几帳面なピシッとした字でね、差出人の名前も住所も書いてなかったけど、先日は窓ガラスを舌で汚してしまってすみません。でも、そうしないと、御社のお車がダムに沈むところでしたから、お清めした次第ですっていうようなことが書かれとってね、まあ、変態なのかおかしい人なんか分からんけど、その年は、他にも二回程嘗められた人がおったらしいわ」

興戸で見た男

同志社《どうししや》大学に通っている学生さんから聞いた話。

夜の十時過ぎくらいに、興戸《こうど》の駅でね、手を上に挙げてバンザイみたいなポーズでジャンプしたり、腰をくねらせてる人がいるのを見て、なんやろうあれって見てたら、たらーって鼻血が出てきたんですよ。

そしたら、変な動きをしておった人が、ティッシュ出して僕の方見て手招きしてきたんです。

僕ハンカチも何も持ってへんかったから、ティッシュ貰いに行ったんです。ティッシュを鼻に詰めて、そいでお礼言うて「何してるんですか？　ダンスかバレエの練習かなんかですか」って聞いたんです。

そしたら、「ここでね、小学生がね、自転車で事故にあったから踊らなアカンのです。ここで踊ってへんと、次は私が事故にあってね、死んでしまうから」って答えて、また不思議な動きを始めてね、見てたら吐き気もし出してどんどん気持ち悪くなったから、帰ろうとしたんです。

「君もこの場所で小学生の事故見たら同じ踊りせなアカンでえ、見て覚えんでいいの」って言われたんですが、立ってるのもやっとなくらいその時は気分最悪だったので、無視して帰りました。

でも、気になるんで、信じてるわけじゃないんですが、それ以来、興戸駅の周りはなるべく行かないように気を付けてるんです。

勘兵衛かえせの石

動かしたり触ったりすると祟りがある石の話はあちこちに残っている。

去年、ミネラルショーで石に纏《まつ》わる不思議な話を集めている人からこんな話を聞いた。

「今もその石はたぶん、畑のどこかにあると思いますよ。私は怖いから見つけても触ったりなんて出来ませんけどね。

昔、西京区《にしきょうく》の集落でかなり長い事水争いが絶えなかったらしいです。時代は明治の前の辺りと聞いていますが、詳しくは私も知りません。

疫病も流行り凶作も続き、水が無ければ皆死んでしまうというほど追い詰められて、日に日に争いは激しくなっていったそうです。

そんなある日、双方の集落の若者が集まって用水路のことで激しく言い争っているとそこに修行僧がやって来て「何の争いか?」と聞いたそうなんです。

そうしたらねえ、一人の若者が「煩《うるさ》い!」と言って近くにあった石を振り上げて、修行僧を殴ったんです。

頭がぱっくり柘榴《ざくろ》のように割れて流れた血で辺りが真っ赤になって、修行僧は亡くなってしまい、皆も怖くなって水争いのことを忘れて石を近くの畑の中に投げ捨てて帰ってしまったそうで。

それから夜になると石が赤く染まって、怪しい火の玉が立ち上り大原野《おおはらの》の西芳寺《さいほうじ》の上を飛びまわったりするようになりまして、皆さん大変怖がったそうです。

修行僧を殴り殺した石を動かそうとしたり、触ったりすると激しい頭痛に襲われるので、農作業中に邪魔でも石には触れないようにしているそうですよ。

修行僧の名前が勘兵衛《かんべえ》という理由ではないのですが、石は何故か『勘兵衛かえせの石』と呼ばれています。

周りに道しるべも標識もないので、見つけるのは大変かも知れませんが、近くの人なら『勘兵衛かえせの石』がどこにあるのか知っていますよ」

そう言って、その人は簡単な地図を書いてくれた。

後日、地図を頼りにその場所に行ってみたが、どの石が『勘兵衛かえせの石』か分からず、それに他人の農作物の植わっている畑に無断で立ち入るわけにもいかず、見つけるのは諦めた。

畑の近くにいた人に聞いてみたところ、頭痛の話は本当らしく、試しに石を動かした人が吐き気を伴う程の頭痛に襲われたが、元に戻したらたちまち頭が軽くなったということだった。

不成柿

某新聞社の企画で、京都の不思議なスポットの取材をすることになった。

私と記者さんは、木津川《きづがわ》の近くにある平重衡《たいらのしげひら》が斬首された時に首を洗われたという「首洗池《くびあらいいけ》」と「不成柿《ならずのかき》」を見に行くことに決めた。

「平重衡」は平家の武将で墨俣川《すのまたがわ》の戦いや水島《みずしま》の戦いで活躍し、東大寺《とうだいじ》や興福寺《こうふくじ》を焼き討ちにしたことで有名な人物だ。平重衡は一ノ谷の合戦で、源氏に敗れ捕虜となり木津川で斬首された。

首を跳ねられる前に、甘い物が希少だった時代だからだろうか、最後の望みとして柿の実を所望し、その時平重衡が食べた柿の種が慰霊のために植えられたが、柿の実はならず、「不成柿」と呼ばれるようになったという。

「不成柿」の南側に重衡の首を洗ったと言われる「首洗池」があったのだが、草が生い茂り見つけるのは一苦労だった。

さて、この不成柿には不吉な謂れがあるという。

普段は決して実をつけることのないという伝承が残る木なのだが、過去、三度実をつけたことがあるらしい。

最初は日清戦争の前年、その次は日露戦争の前年、三度目は昭和六年に実が成り、それは太平洋戦争の前触れだったからではと、近所の人々は恐れたそうだ。

私と記者さんが「不成柿」を見に行くと、実が枝という枝にびっしりと沢山成っていた。思わずヒッと声をあげそうになり、いやな予感に体を震わせたが調べてみると、現在の柿の木は代替わりをしており、それ以来実をつけるようになったらしい。

初代の柿の木がどうなったかは、分からない。

町屋

留学生のTさんはどうせ住むなら京都らしい所がいいなと思い、町屋を借りた。古いおくどさんのある町屋で、間口も鰻《うなぎ》の寝床と呼ばれる狭い物。家賃も破格の安さで気に入り、不動産屋には見学したその場でここを借りたいと申し出たそうだ。

ただ、実際に生活してみると不便極まりなく、まず掃除が大変だし風呂も檜《ひのき》の古いものだったから、おい炊きが出来ないし、使った後は湯を抜いて束子《たわし》で念入りに擦らないといけない。

古い家だからか、隙間が気になるし、なんだかいつも部屋中が湿っぽい。

早くも住むのが嫌になってしまったが、敷金も礼金も払ってしまったし、引っ越し費用もまたかかってしまうし、仕方がないのでしばらく我慢するかと思っていたある夜のことだった。

布団の中でスマートフォンを弄っていると、「やちよちゃん　よろしおあがり」という声がした。

Ｓｉｒｉか何かの誤作動か？　とも思ったがよく分からない。

その日から時々、家の中のどこかにいると「やちよちゃん　よろしおあがり」という声が聞こえるようになった。

いわゆる怪奇現象、なのかも知れないが特に声があっけらかんとした若い子供か、女性のようだったせいもあってか、怖いという気はせず、特に聞こえる理由も気にならなかった。

ネットで調べてみても、事故物件のサイトに情報も出ていないし、聞こえている本人が怖がってないのだから、幽霊も張り合いがないだろうなくらいにしか思えなかったらしい。

そもそも、Ｔさんの故郷の国では幽霊が出る家はむしろ珍しがられ、価値があるとされていたというのもある。


Ｔさんがアルバイトから帰ってきた後、家の中でレポートを仕上げていると夏だったこともあり、汗だくになってしまった。クーラーはついているけれど、効きが悪いので扇風機を使っているのだが、部屋中の空気が湿気で澱《よど》んでいるようで、まるでサウナのような有様だった。

少し換気すれば変わるかもと思って、窓を開けようとしたが、立て付けが悪くってなかなか開かない。

力任せに引っ張ると、なんとか開いたが、窓枠には埃や小虫の死骸がたまっていた。壺庭に続くガラス戸もギィーギィー音を立てながら、やっとの思いで開いた。

この町屋に移ってから、一度も手入れをしてないせいもあり壺庭の植木も草も伸び放題になっていた。ここを少し刈り込めば、風も通って湿気たこの家もマシになるかなと壺庭に降り立ってみると、伸び放題の草の間に古びた木枠を見つけた。

なんだろうとのぞき込むと、金網がはまっていて底が見えない。井戸の跡だろうか。

こんなのがあるから部屋が湿っぽいのかなと思い、顔を上げると「やちよちゃん　そこなん?」と真後ろから聞こえた。

いつもの乾いたあっけらかんとした声ではなく、何か非難がましさを込めたような声だった。

特にその声が怖かったという理由じゃないのだけど、ここにはもう住めないと思い、最低限の手荷物以外はそのままにして出て、Y寮に住む知人に新しい下宿先が決まるまで厄介になったそうだ。

やちよちゃんが誰だったのかは今も分からないし、その町屋も去年立て壊されて駐車場になってしまったらしい。

夜久野町の夜

毎年十月頃に、京都市内でＳＦ者が集まるイベントが開催されている。

もう、十年前くらいになるだろうか、京フェスと呼ばれているそのイベントに知人に誘われて参加した。

そのイベントは主にＳＦに関わる作家や編集者とファンとの交流を目的とされているらしく、二部形式で、一部は講演を聞き、二部は近くの旅館で各部屋テーマごとに分かれての合宿を行っている。

参加者は皆クローンかと疑うくらい姿が似通った人が多く、怪談作家は太った人が多いが、ＳＦを書いたり読んだりする人は眼鏡でネルシャツかボーダー柄のシャツになるのは何故だろうと思いながら話を聞いていた。

最初、一部だけで帰るつもりだったのだが、思ったよりも参加者の人たちの話がとても面白かったので、私は合宿にも混ざることに決めた。

複数の部屋をはしごしているうちに夜も更け、参加者も少しずつ減ってきた。

私もそろそろ引き上げようかなと思った時に、二階のソファーのある部屋の周りで「それ、人魂やったかもな」という声を聞き、思わず「ヒトダマ⁉」と話しかけてしまった。

若い背の高い男性で、どちらもやはり似た服装だった。

「ヒトダマみたいな不思議なもんを見たって話をしてたんです」

「どこでですか？」

「夜久野町《やくの》」

「僕、『銀河鉄道999』のファンなんで、京都府の夜久野町で書かれた『大宇宙の旅』が999を生み出した切掛けと知って、行ってみたいなって思っていたわけですよ。

折角だから、夜空の写真を撮りたいし、デジタル一眼持って今年の夏に初めて行ってですね、山の上で少し開けた場所があったから日が沈むのを待ってカメラ構えてました。

そしたらですねえ、下の方から自転車がすぃーっとやってきて、乗っていたのはお爺さんだったんですけど、凄い急な勾配の坂だったのにもかかわらずですよ、そのお爺さんは汗もかいてないし息も乱れていなかったんです。

お爺さんは僕からちょっと離れたところで立っていまして、日が暮れても動かずマネキンのように、じーっとそこにいたんです。

暗くなってからですね、五十メートルくらい離れた場所から、こうジグザグに強い懐中電灯のような光がやって来まして、眩しいから場所変えようとしたら、そのお爺さんが『ほおーい』って光に向かって呼び掛けはじめたんです。

ここで集会か何かあるのか、夜空を撮りに来たのに残念だなってカメラを片付けようとしたら、お爺さんが手をパタパタ振りだして、そしたらこう離れていた場所にあった光が飛ぶみたいに速くこう、ぴゅーっと真っすぐ空を突っ切ってこっちに来たんですよ。

懐中電灯の光だと思っていたのは違っていたようで、蛍にしては光量が凄いし陰火？なんだろう？　プラズマ？　ってわけわかんなくなってしまって。

お爺さんは、虫籠《むしかご》のようなものに手を、パタパタ振りながら光って飛んできた玉みたいな塊《かたまり》を入れていました。

僕はそれを見て、その光は何ですか？　って聞いたら、お爺さんはヤッコノムシって言っていましたね。

もう、これは何なんだと疑問符だらけで、僕はじっと眺めてしまいました。

光を全部籠の中に入れ終えたら、お爺さんは無灯火の自転車に乗って凄い速さで滑るように、坂の向こうへと消えて行ってしまって。

あまりにも不思議な体験だったものだから、あれは何だったのか、人魂やったんかなあって、今二人で話してたんです。

ヤッコノムシって調べても分からないし、写真を何とかしてあの時撮っておけばよかったですよ」

私は二人の男性にＳＦイベントでそんな不思議な話が聞けるとは思わなかったと伝えると、実は二人とも普段はこういったイベントではなく、怪談系のイベントにむしろよく参加しているということだった。それから何度か、京フェスに参加したことがあるけれど、怪談らしき話を聞けたのはこの一回だけだ。

八幡の怪談

八幡《やわた》に住む作家さんから某イベントで聞いた話。

八幡に「軍人病院」と呼ばれる心霊スポットがある。

石清水八幡宮《いわしみずはちまんぐう》の近くで、昔親戚と遊んでいた時に噂の建物らしき廃墟を見かけた記憶が朧気《おぼろげ》にある。

なんでも、噂では、そこは人体実験が行われていたとか、子供のホルマリン漬けが置かれていたとか、いびつな形の白骨死体があったとか色々言われているらしいのだが、実は軍人病院でも何でもなく、宗教団体施設の単なる廃墟だという。

ただ、他にもあれは共同墓地だったとか、結核病院の跡だという人もいて真偽のほどは分からない。

ただ、その軍人病院と呼ばれる心霊スポットに、ある年何名かの若者が行き、一人の青年が事故に遭い亡くなってしまったそうだ。

その結果、そこの場所に行くと青年の幽霊が出るという噂が起こってしまったらしい。

心霊スポット好きが、心霊スポットで怖がる方から怖がらせる方になってしまったようだ。


どういう経緯で青年が事故にあったのかは、私は詳しく知らない。

ただ、心霊スポットの多くは人気のなく、何か事故や事件にあっても気づかれないだろうなという所にあることが多いので取材等で訪問の必要がある時は気を付けたいと思う。

うっかり私もその青年のような事故に遭遇してしまう可能性があるからだ。

ちなみにその心霊スポットの近くには、肝試しに来た者を引きずり込むという噂のある踏切がある。

引きずり込まれたのかどうかは分からないけれど、実際その踏切ではやたら人身事故が多い。

虚空蔵谷の何か

京阪神では十三歳になる子供は知恵もらいと、厄除《やくよ》けの為に十三参りに行く風習がある。

私は十三歳になった年に、京田辺にある虚空蔵谷《こくぞうだに》の十三参りに行った。

虚空蔵谷にはどんな日照りでも決して枯れないという滝があり、その近くに小さなお堂がある。

十三参りに友人と一緒に行った帰りに、木々の間からピアノの音、それもテープで録音したような音ではなく間近で弾いているような音を聞き、少し不気味に感じた。

近くに幼稚園があるからそこから聞こえてきたんじゃないか？　と後日知人に言われたが、幼稚園の方角からではなく、もっと林の奥の道のないような場所から聞こえてきたように覚えている。

ちなみにその幼稚園内の施設にある学童保育に一時期通っていたことがあるのだけれど、幽霊やお化けを見たという体験談を当時何度か聞いた。

例えば、学童の先生から聞いた話で、こんなものがある。

T先生が夜残業をしていると、階段をずっと上ったり下りたりする靴音が聞こえて来たそうだ。

たったったったった。

リズミカルに聞こえる一人分の足音。それは三十分以上聞こえ続けていたという。

季節は秋で昨日は雨だったので、階段の上は濡れた落ち葉で一杯だった。

滑るといけないから明日の朝一で掃除をしないといけないと思っていたので、上り下りする靴音が聞こえるのはおかしい、きっとあれはこの世に存在する者が立てている音ではないのだろうと思った。

残業しているのは一人で、他の職員は既に帰った後だった。

T先生はクリスチャンなので、ずっと胸の十字架を強く握りしめながら作業を進め、いつの間にか靴音は聞こえなくなっていたそうだ。

扉を恐る恐る開けて階段を見ると、やはりコンクリートの階段には紅葉がいっぱい張り付いていた。

走るように階段をかけ、駐車場に向かい車に飛び乗って帰ったらしい。

Nさんは子供を幼稚園に送った帰りに、ピンク色の爪をした大きな白い手が木々の間でおいでおいでをするのを見たらしい。

谷や山には何かが棲んでいたのかも知れない。

舘松 妙

たてまつ・たえ

京都市生まれ。京都検定1級合格。子どもの頃から古墳が好き。現在は、複数の大学で仕事をこなし、宗教・歴史を幅広く調査研究。趣味は温泉や史跡めぐり。「御霊」での体験をきっかけに、朝廷に関係する様々な怪異について調べ始めた。共著に『稲川淳二の怪談冬フェス幽宴～二〇一八』など。

拝んではならない

信心深い祖母と一緒に、木村さんはK寺を訪れていた。

祖母は、小さな仏像にも祠《ほこら》にも、一つ一つ丁寧に手を合わせる。

見倣《みなら》って、木村さんも一つ一つに手を合わせていた。

あるお堂にお参りしたあと、堂の横に無理矢理しがみついているような小さなお堂に気がついた木村さんは、ごく自然に「此処《ここ》も」と手を合わせた。と、その時。

「あんた、何してるのえ！」

祖母が叫び、木村さんの腕を引っ掴んでお堂の前から引き離した。

「何って、仏さまに手合わせてたんやけど」

状況を呑み込めぬまま、木村さんが笑顔でそう答えると、祖母は顔を真っ赤にして怒鳴《どな》りつけた。

「アレは拝むもんやないっ。拝んだらアレは家まで、ついてくるんえ！」

ついてくる？　仏さまが？　アカンの？

するとと木村さんの祖母は突然、凛《りん》とした口調で言い渡した。

「アレはな、仏さんやないんえ。あそこで手合わせてもらえるのを待ってるんえ。ほんで自分に手を合わせた人間に取り憑くのや」

「なんで……なんでそんな悪いもんがお堂にお祀りしてあるの？」

ようやく孫も事態を理解してくれたと安心したのだろう、祖母の顔にも穏やかさが戻っていた。

「あてもなぁ、なんでアレがありがたい仏さんのお堂に、くっついてあるのかは知らんのえ。でも、昔から絶対拝んだらアカンものって母さんやお祖母《ばあ》さんに教えてもろてるから。あんたも今度から絶対拝んだらアカンよ」

「おばあちゃん。アレは仏さまじゃなくて何なん？」

「アレの名前は×××や」

なぜ伏字にするのか。

実は寺側にそのような悪い言い伝えは無いらしく、それどころか×××はありがたい善神であるとして、普通に祭事まであるからなのだ。

あくまでも木村さんの祖母の話は、民間伝承なのだろうし、ならば名称の明記はするべきではないだろう。

しかし筆者は、全く別の人物から、その×××のお堂の怖い話を偶然聞くことになった。

Yさんは男性で、かつてイベント会場設営のスタッフをしていた。

ある時、K寺の夜間イベントのため近所に泊まり込んで作業をしていた。

「そろそろ一度休憩とれよー」と上司が声を掛けてきたので、手を止めて現場を離れようとしていると、

「おい、Y。お前怖いもんとか、わりと平気だったな？　いいもん教えてやる」

そう言って連れて行かれたのが、先の木村さんの祖母がアレと言っていたものが安置されているお堂だった。

「お前、特別に許可するし、あのお堂の裏側見てきてみ」

はぁ。別に仏像マニアでもないYさんは、たいして興味もないまま堂の裏側へ回った。

「懐中電灯で照らしてみ」

言われたとおりにした。そこには古びた短冊のような紙がベタベタ貼ってあった。

「その紙、よぉ見てみ」

人名が書かれていた。どれも女性の名前のようだった。

これ、なんですか、とYさんが訊ねると上司はニヤリと笑って言ったそうである。

「それはな、呪いや。祇園やら花街の女衆が憎い恋敵や商売敵を呪いに来る場所なんやて。

効き目抜群って昔から有名らしいわ」

堂の裏側に籠《こも》る瘴気《しょうき》を吸い込んだようで、Yさんは吐き気を覚えた。

木村さんの祖母の説明通りなら、短冊に導かれて名前を書かれた人のもとへ×××が赴く、ということだろうか。

京都には、一見ありがたく見えて実は「拝んではならない」とされてきた神仏や場所が、確かに存在する。

京都の女というものは

古い知人の川崎さんから聞いた話。

彼女の母は京都市下京区《しもぎょうく》の、江戸中期から続く商家の出身であった。

母の母、つまり川崎さんの祖母は、事情があり幼い頃、母方の血縁であったその商家に養女として引き取られたのだという。

祖母は、養い親にあたる母方の伯母を「アバさん」と呼んで慕っていた。

アバは、おそらく亜母と書く。

古代中国の武将で、漢帝国を創った劉邦《りゅうほう》のライバルとして名高い項羽《こうう》が、稀代の名軍師であった范増《はんぞう》を亜父（あふ。父の次に尊敬する人）と呼んでいたことが『史記』項羽本紀にみえる。どうやらアバには、それと同様の意味が込められていたらしい。

川崎さんがあるとき祖母と話しているうち、ポツリと呟いたそうだ。

「私、現代に生まれてホンマに良かったたぁって思う。だって昔は、幕末に尊王攘夷《そんのうじょうい》の過激派が襲撃して殺した人の生首を、三条大橋の欄干《らんかん》にわざと晒《さら》しといたりしはったんやろ？　見たら絶対気絶するもん」

するとと祖母があっけらかんと言った。

「そんなん、ウチのカド（門前）に斬られた首が落ちてたってアバさん、言うたはったえ」

「え。今のこの家の？」

「そうやー」

「うわぁ、やめて！　なんで此処なん？」

「殺されはったんは別の所やて。落ちてたんアタマだけやったらしい」

「おばあちゃん、その生首は誰が片付けるの？」と尋ねると、祖母は身を乗り出して話し出した。

「それがなあ、お上にお知らせもしなあかんし、なかなか面倒くさかったそうえ。場合によっちゃ首落ちてた家の人が片付けなあかん事もあったんやって」

「エー!!　ほんならこの家の前に落ちてたやつは、どうしはったん？」

それがやな、アバさんに聞いた話ではなぁ、と祖母。

江戸時代の終わり頃、ある日の早朝。

アバさんの母親がカドを掃き清めようと表に出たら、我が家の門前に生首が落ちていた。母親は、くるっと身を翻《ひるがえ》して屋内に戻ると、娘を叩き起こして命じた。

「アンタ、カドに落ちてるのん、お隣に、すんませんって思うて掃いとおき」

眠い目をこすりながら、訳も分からず箒《ほうき》を持たされたアバさん（たぶん十歳そこそこ）が行くと、生首が落ちていた。もちろんアバさんは「キャーッ」と叫んだのだろう。だが振り返ると、我が家の門はピシャリと閉めてある。任務を遂行するまでは戻るな、という母親の無言の命令だとアバさんは思った。

生首は、侍のものであったらしい。ジロジロ見る気には到底なれないが、丁髷《ちょんまげ》の様子からアバさんは察した。夜中のうちに別の場所で殺されて、ウチの前に捨てて行ったようだ。商家にとって縁起でもないもんには速やかに移動していただきたい。夜が明けきって、皆が起きだしてきてからでは面倒だ。子供が生首を動かしたなら、万が一隣家の住人に見咎められても「しゃあないな」で済む……という母親の意図をアバさんは即、汲みとった。

そして箒（刷毛の部分なのか柄の部分なのか、不明）で、エイッエイッと生首を隣の家の敷地内に掃き出そうとしたのだが、大人の男性の首は、首だけなのに重くビクともしない。

幼いアバさんは、かなりの時間、生首と格闘し続けたそうだ。だんだんと空が白み始めてアバさんは焦り始めた。急がないと隣家の人々も、そろそろ起きだしてくる。だが、生首はビクともしない。全身全霊を込め、ありったけの力で生首を箒で押し続けていた、その時。

「殺生な（むごいことをする）」

　そう、声がしたという。

「そりゃそうやわ。隣のおうちの人か、見かけた人かが言わはったんやろ」

　さもありなんと川崎さんが言うと、祖母は悪戯っぽく笑った。

「いやいや、そうや無《の》うて」

「？」

「首のお人から声がしたんやて」

「ヒーッ」

　命を無慈悲に断たれた上、自分の斬り落とされた首を今度は厄介な屑扱いにして、よりによって箒を使って掃き出そうとされるとは。生首の男（の霊）が抗議しても当然である。

「アバさん、どうしはったん？　そんなん間違いなく呪われてしまうやん」

川崎さんは昔の出来事とはいえ心配した。まさかアバさんが怒らせた生首が今もこの家に取り憑いていたら、どうしよう?

幼いアバさんは疲れ果てていた。

生首が喋ることの恐ろしさなど実際どうでもよかったそうで(すごい)、先刻より長い時間、転がってくれない首を必死で押し続けている自分の姿が情けなく、怒りが込み上げてきたという。動かない首に、それを子供の自分に押し付けた母親に。でも一番は、こんな生首如きを全く動かせない自分の不甲斐無さに対して、無性に腹が立ったのだそうだ。

そして思わず立ちつくしたまま、生首に対してのつもりもなかったが、こう言った。

「あんた、もう殺生されたやないの」

アバさんは、自分が涙声になっていたのがわかった。

すると。

ビクともしなかった侍の生首はコロコロコロッと軽やかに、隣の敷地へ転げて行ったばかりか、そこでピタッと正しい姿、つまりは切り口を下にして綺麗に静止したのだった。

「アバさん、生首に呪われはったんとちがう?」

心配して尋ねた川崎さんに、祖母は優しく答えた。

「アバさんはな米寿まで生きはったえ。それもなあ、最後はお風呂浸かってる間に気持ち良うなって寝てしもて、そのまま大往生しはった。湯灌《ゆかん》をせんで済んだくらいピカピカにお顔も体も光っててなあ。とことん、自分の始末をして逝かはった」

生首を怖がってなんかいられなかった時代。

精一杯生きていた京都の女を、箒で掃かれた生首が呪うことは無かった。

塗りつぶし

小田さんの父親は、十数年前に現像所を定年退職した。

仕事は顧客を回ってネガを預かってくる営業で、町の写真場から結婚式場、ホテル、各種団体、そして警察と、その客層は幅広かった。

小田さんが幼い頃から家には父親宛てに顧客からの電話が土曜日曜祝日お構いなしに、わんさかとかかってきた。そして電話があって暫くすると、必ず家の郵便受けにネガが放り込まれていた。

父親はそうした時間外業務のお願いにもほとんど嫌な顔一つせず、淡々と仕事を受けていた。少し大きくなってくると小田さんは、そんな父に文句を言い始めた。

「お父さんは営業やろ。現像は現像の担当者が居はるんやし、そっちに回したら済むやん。なんで休みの日に持ってきはるの？」

しかし小田さんの父は苦笑しながら娘を宥めるばかりだった。

「あれはな、ワシが現像して、お客さんに直接手渡さんとあかんようなモノばっかりや」

なんでかっていうとな、と父は少し改まった面持ちで言った。

「どれも表に出せへん写真ばっかりや。警察絡みは事件やら事故の現場のえげつない写真やし。それ以外でも個人の趣味で、見たら吐きそうな気色悪い写真ばっかり撮ってコレクションしてる人もいてな。写真場が頼まれて困って、ワシに回してくるんや。何とかしてーってなあ。ワシは慣れてるけど、ウチの現像所の子らが現像しようとしたら無理やろなぁ。気を失うか、吐くか。ま、ワシは慣れてるし、引き受けることで感謝されて別の仕事が貰えるから、ええんや」

そして最後に「ワシあんなん見ても昔から全然平気やもん」と断言し、頭がザクロみたいに割れていたとか半分腐っていたとか、娘が顔を顰《しか》めて逃げ出すような解説を行って、娘からの文句を終結させるのが常だった。

或る時、小田さんは父に尋ねた。

「お父さんは今まで怖いと思った写真なんか一枚も無かったんやね?」

するると父親は少し考えてから、

「いや一枚だけあったわ。あれは怖かったな……たまに思い出したら寒気するわ。思い出さんようにしてるけど」

おや？　と思うくらい、返事の声が弱々しい。

――きっとすごい惨殺死体とか、そうゆうのやろな。

自分で投げかけたくせに答えを想像して小田さんは憂鬱になったが、尋ねた以上、後には引けない。どんな写真？　と父親に尋ねてみた。すると、意外な答えが返ってきた。

「心霊写真やった」


父親がまだ営業の第一線で活躍していた当時のこと。

懇意にしていた、一軒の写真場があった。

今でこそ往年の写真スタジオは店主の高齢化とともにデジタル化に押され、閉店の波が押し寄せているのだが、かつて個人の写真場は羽振りの良い店が多かった。

なかでもその写真場は顧客の中に政財界に顔が利く大親分がおり、その人脈で仕事を貰い繁盛して、かなり潤っているという噂だった。

或るとき、小田さんの父親はその写真場の店主から呼び出しを受けた。

店に着くと、いつも商談をする店舗ではなく、その奥の居住スペースの応接間に通された。他の家族は皆留守らしかった。

店主は年齢六十歳くらいで家業以外でもゴルフや交際ごとに飛び回る元気な御仁だった

が、そのときは気のせいか何となく顔が青ざめていたように感じたという。とにかく勧められるまま座るや否や、話を切り出された。

「どうしても君にお願いしたい仕事があるんや。料金は相応にちゃんと払う。そやし断らんといてほしい」

これほど改まった頼みならば相当な仕事だな、と父親は気を引き締めて構えた。

店主は一枚の集合写真を差し出したが、差し出す直前に再度念を押してきた。

「見ても断らんといてや」

なぜ、何度も断らないでくれと念押しするのか。それはとりもなおさず、今から見る写真が断りたくなる種類のものであることを示していた。

（ワシは何を見ても大丈夫……）

小田さんの父親は心の中で自分に言い聞かせて、写真を手に取った。

二十人ほどの見るからに裕福そうな一族の集合写真だった。新年か記念日に撮影したものらしく、全員が礼装姿だ。

最前列の真ん中、紋付き袴の男性がこの一族の当主とすぐわかった。面構えも恰幅の良さも人並みではない。見るからに、というこの感じは、店主の一番の顧客と言われている例の大親分だろうと察しがついた。

感心して見ていた父親だが、次の瞬間思わず「うわぁッ！」と声をあげてしまった。

当主の顔の真横、空中に、ハッキリと人面が浮いていた。

何だこれは生首か？　違う。女のお面。

それも異様に白い。きちんと白塗りの化粧を施していると言えなくもないが、なにかが違うのはどうしてだろう。一見お面なのか人間なのかわからなかったくらいだが、目鼻立ちを見ていて人間だと理解した。

写真場の店主が再び口を開いた。

「頼みっちゅうんはな、それを消してもらいたい。絶対に見えんように」

店主は、客には理由をつけて渡すのを引き延ばしていると言った。

そして、もう納品の延長期限ギリギリだから何とかしてほしいと懇願してきたのだった。

不覚にも一瞬取り乱しかけた小田さんの父親だったが、落ち着きを取り戻し、笑う余裕を作って店主に言った。

「こんな修整くらい簡単じゃないですか？　塗りつぶすだけですよね？　私に頼まなくても……」

その言葉を遮って、店主が絶叫に近い声で叫んだ。

「あかんのや！　儂《わし》が塗りつぶしたら絶対祟りよる！」

とにかく自分はこの写真の修整に関わりたくない、その一点張りで押しつけようとする店主の態度に、小田さんの父親は不信感を抱いた。

「御主人が処理したくない理由を話してくださらないなら、ムリです」

そう言うと、店主は渋々話し始めたという。


この一族写真の当主は、やはり例の大親分そのひとだった。

そして彼の顔近くに浮かぶ白塗りの顔。

それは長く大親分に寄り添った妾さん、祇園の芸妓あがりの女性に間違いないという。白塗りでもその目鼻立ちからは、かつて美貌であったことが見てとれる。

店主に聞くまでもなく、小田さんの父親は（この女性は既に死者だ）と確信していた。

血の気の無い異様な白さ。しかし、それ以上にこれを〈死霊〉だと父親に確信させたのは、真正面を向く、つまり写真を見る者を見つめ返しているかのような彼女の表情だった。

睨んでいるとか、そんな生易しいものではなく、何とも形容しがたい表情だった。

真っ直ぐこちらを見ているその顔は、写真を見た者全員に取り憑こうとしているようにさえ思えて、小田さんの父親は寒気を覚えた。

――この人は死んでから、ずっと当主の傍に憑いていたんだろう。

女性は、妾とはいえ当主が公の場にいつも伴っていたくらいで、第二夫人のような立場にあった。その立場が暗転したのは、女性が進行性の難病に罹っていると判明した時からだった。当主は、彼女に寄りつかなくなったばかりではない。

彼女に与えていたもの一切合切全てを取り上げたのだ。住まわしていた家から追い出し、手当金を打ち切り、金目の物品は根こそぎ引き上げたうえで絶縁した。

女性は長く第二夫人同様に暮らしてきたので、その頃になると身内と呼べるような人間は当主だけとなっていた。

どちらかが世を去るまでずっと一緒に居るのだと信じて疑っていなかった女性は、驚愕し悲しみ、必死で当主に縋りついたのだが、その手は冷酷に振り払われた。

治療費にも事欠くような貧しさ。病に苦しみながらも頼るひとがいない孤独、絶望。そして何よりも、家族のように思っていた相手からの非情な仕打ちに、女性の心は打ち砕かれてしまった。

死までの残された日々を、彼女は呪いの言葉を吐き続けることに費やしたのだという。そして集合写真撮影の、三か月くらい前に女性は亡くなった。

死者の世話をした人達が皆「ものすごい死に顔やったな。あれは成仏なんか絶対無理やで。ああ、怖」と、口々に噂し合うような死に様であったが、そのうちに噂するだけでも祟られそうだと、女性のことは語られなくなった。

「話したし納得してくれたやろ？　引き受けてくれるな？」

小田さんの父親の承諾を待たずに、早速ネガを渡そうと店主は立ち上がった。

しかし父親は受け取らずに、立ち上がった。

「確かに、化けて写って当然ですね。でも祟られるのは写真のご一家でしょ？　御主人は仕事なんだから大丈夫ですよ」

すると必死の形相の店主が、父親の肩を掴んで、椅子に押さえつけるように座らせた。

「儂はな、この女を直に知っとる。あの親分が連れてきて、こいつの写真をいっぱい撮って顔見知りなんや。もし儂がこの顔を塗りつぶしたりしたら……絶対こいつは儂のことも祟りよる！　なあ頼むわ……」

ぶるぶる震えながら涙声で懇願してくる店主に向かって、小田さんの父親はキッパリ言った。

「申し訳ありませんが……お力になれません。今まで散々皆が怖がる写真を扱ってきたし、死んだ人間が写った写真なんて状態が違えど死んでるから、怖くなんて無かったんですよ。

でもこの人、死んでるのに、私には写真の中でまだ生きてるようにしか見えないんです。関わったらあかん、そう直感で思うんです」

まだ何か言いたげな店主を振り切って、小田さんの父親は写真場から逃げ帰ってきた。

写真に触れれば祟りが定まっているかのような店主の物言いの裏には、店主自身が零落した女性に対して冷淡な態度をとったことが窺い知れた。


「それでそのあと、どうなったの？」

――写真場の店主がその後、他の現像所へ、あの写真を持ち込もうと奔走したかどうかはわからない。ただ、結局は観念して例の客、大親分にあの写真を無修整で渡したと後日店主が言ってきた。

客は無言で写真を受け取り、その記念写真が一族に配られることは無かった。

写真場はそれから程無くして、店主が亡くなり閉店した。

以前の店主は繁盛する写真場を切り盛りしながら、客との付き合いゴルフやら会合やらに飛び回る元気なミツバチのような人物だったが、例の写真を撮影して以降、別人のようになってしまったという。

「まるで死刑囚みたいな、すべてを諦めきったような」陰気な人物に変わってしまった。

ミツバチどころか、むしろ雌の餌として食われる前の雄カマキリのようにさえ見えた。

時々、自分は取り殺される運命なのだ、と口走っていたらしいが、店主の死因を父親は知らない。

大親分は。

店主の死と前後した時期に、手広く経営していた事業に暗雲が立ち込め始め、周囲から人が退き、あっという間に破綻した。

財産がすべて人手に渡った後、本人は行方不明になったという。

その行方は杳《よう》として知れないままだ。

「ワシは霊とか呪いとか今もあんまり信じてへんけどな、あれは本物やった」

小田さんは、先ほどからずっと気になっていたことを尋ねた。

「その顔だけの女の人はどんな表情をしてたの？」

父親は、一瞬、虚空を見つめて何かを思い出していたようだが、

「思い出しとうないわ」

一言告げて部屋を出て行った。

踏み絵

「なにこれ？　気色わるっ」


或る日、京都市内のとあるホテルのバックヤードで騒動が勃発した。

仮にBホテルと呼ぶが、世界遺産の近所という抜群の立地にある。

そして知る人ぞ知ることだが、心霊現象に遭遇しやすいことで有名なホテルでもあった。

そのBホテルのある部署でカーペットの張替えを行ったところ、十数年前に敷かれたカーペットの下から奇妙な物が発見された。

四センチ四方くらいの写真の印画紙で、表の写真は加工修整された人間らしき被写体。人間らしき、というのは顔の部分は無く、それがヒトの裸身と判るものの人間ではない仏像などの可能性があったからである。白黒写真だから余計に判別しづらい。男女の区別がつきやすい胸部はわざと見えにくくしてある。

裏面には朱文字で不思議な図像が描かれていた。「まじない」のようなものであることは、一目見て誰にでも判ったらしい。

問題は、そのもの自体もさることながら、それが置かれていた場所だった。

女性ばかりの部署の、皆が共有で使うドレッサー前のカーペット下に、それは歪み無く整然と置かれていた。張替え作業をしていた男性社員二名が見つけた。

見つけた社員の一人はその場で気分が悪くなり、逃げ出したという。

この「写真を使った呪符」が元来どんな意味を持つにせよ、皆が知らずに踏みつけるよう工夫がされていたことは事実で、悪意を感じないわけにはいかなかった。


その部署の副主任上野さんは、小田さんの幼馴染だった。

騒動が起きてすぐに、上野さんは小田さんの父、例のどんな恐怖写真も平気な写真の専門家を頼った。

呪符はともかく、写真の像は何か。人間なのか、神仏の像なのかだけでも知りたい。

それが無理でも、この写真が特別な意図を持って作られているのかだけでも知りたいと娘の小田さんを通じて依頼してきた。

結果は。

写真の像の判別は不可能だったが、写真自体は高度な技術を駆使して特別に製作されたものであることは判明した。

しかし、その後、その判定を行った小田さんの父は、検分したその日のうちに倒れてしまう。彼は夕方、渾身の力を振り絞って床から脱け出し、なぜか氏神の神社へと向かった。胸に包みをしっかりと抱えて、フラフラの状態で古札納め所に辿り着いた小田さんの父は、志納料を入れた茶封筒と共に胸の包みを躊躇《ためら》いなく納め所の箱に入れて、戻ってきた。帰宅後は死んだように眠っていた。

小田さんの父が氏神の納め所に入れた包み。

それは現役時代から大切にしてきた、たくさんの秘蔵写真だったそうだ。あの「塗りつぶし」の写真は無いにせよ、怖い写真の数々を記念にと手元に置いていた父が一変した原因は、やはり例の「写真を使った呪符」だった。

なぜあれを見て秘蔵写真を処分する気になったのか。娘の小田さんが訊くと、こう答えた。

「ああいうものを持ってたらいかん。そう言うたはるように感じた」

誰が？　と再び訊ねると父は「御先祖様や、たぶん」そう言ったきり黙ってしまった。

小田さん自身も上野さんから添付メールでその表の写真、裏の呪符とも見たのだが、とりあえずこれはヤバいと感じた。

「裏の朱い文字のところ、私には女のひとの身体を文字で絵にしてるように見えるんだけど、気のせいかな」

小田さんは父が体調を崩したうえ不思議な行動をとったことに加えて、自分が呪符を見たとき直感的に感じたことを上野さんにメールで伝えた。

するとと上野さんから、どうしても会って話したい、と連絡が入った。


普段はメールばかりのやりとりで、実際に会うのはたいそう久しぶりであったが、再会した瞬間小田さんは驚愕した。上野さんは、やつれ果てていた。もともとか細い子だったが大食漢で病弱な気配などまるで無かったはずの上野さんは、パサついた土人形のように見えた。

「あのホテルに転職してもうだいぶ経つし、部署では古株のほうなんやけどね。いつまで経っても、あそこの空気感に馴染めなくて。ひどい頭痛ばかり起こすの。健康診断では今まで全く悪くなかったところに次々と病気が見つかって」

弱々しく話す幼馴染に言うべきか一瞬ためらったが、小田さんは言った。

「あの変な札の裏に描いてある、朱いマジナイの字で作ったような絵。腰がくびれて乳房があって、髪を結い上げてる小さい顔。あれメールに書いたように、女のひとを象《かたど》ってると思う。あんたの部署は全員女だけって、前に言うてたよね？　まちがいなく部署の誰かか、全員をターゲットにして呪ってる人間がいたってこと。ああいうものがホンマに効き目があるのかはわからんけど、早くきちんと処分しなアカンと思うで」

「わかってる。わかってるんやけど処分は出来へんのよ」

意外な上野さんの返事に、小田さんは思わず目を剥いてしまった。

上野さんは札の発見から今日までの経緯を語った。

その騒動勃発後の上野さんの行動が素早かったのには理由がある。

第一には、課内外に興味本位な噂話が流れて、課員が傷つくのを抑止しなければという気持ち。

第二に、客商売のホテルで不気味な呪物が見つかったという話が流出してしまう前に、さっさとあの気味悪い札を焚き上げしてもらって騒動を終結させなければという思い。

ただでさえ職場のホテルは、心霊現象が多いと噂されているのだ。顧客だった有名人がテレビ番組で、常宿でいつも幽霊を見る、と話してしまいインターネットで興味本位に追跡検証された事もあったし、他の客も内部の人間も「見た」話が続出していた。

幽霊話ならまだいい。見ない、感じない人間だっているのだから。

だが、呪いの札が館内に仕込まれていた、というのは実物ありきなので言い逃れができない。上野さん自身、自分が旅先で泊まるホテル内でそんな物が見つかったとなると嫌だ。呪いが内部の人間狙いだとしても、やはり心理的には誰もが薄気味悪く感じてしまうに決まっているのだから。

しかし。もっとも処分を急いだ理由は、課員同士が疑心暗鬼に陥ってしまうことにあった。カーペットが敷かれた時期から勤続する課員は上野さんの上司一人だけであったし、おそらくはもういない人間の仕業だとしても、今いる課員達は皆呪いを掛けられていたことになる。誰が？　誰を？　なぜ私たちがトバッチリを受けるの？

この空気を払拭しなければ。

上野さんはあらゆる伝手を頼って札の正体を突き止めようとしたが無理だった。もう正体はわからなくていい。とにかく札を消滅させる。

心を決めた上野さんは、市内有数の或る密教系寺院に札を焚き上げてもらえないか相談してみたところ、快諾してもらえた。

課員の皆に志納料の数千円で引き受けていただけると話すと全員が喜んだ、はずだったのだが。

皆に知らせた翌日、保管場所から札が姿を消した。

誰もが触れることさえ忌み嫌っていた、あの札を誰が持ち出したのだろう？　札を消滅させたくない人間がいる。ということは持ち出したのは、札を置いた者なのだろうか。

その後連日、血眼になって札を捜索していた上野さんに、ある時、上司がノンビリとした口調で声を掛けてきた。

「あれね、私が動かしてね、しまってあるの」

固まってしまった上野さんに、上司は微笑んで言った。

「あれ本物の呪いのお札らしいね。焼いてしまうなんて、もったいないから。私が再利用しようと思ってるの」

しばらく固まって声も出せなかった上野さんは、我に返って怒った。

「意味がわかりません！　再利用って何ですか？　まさか誰かを呪うのに使うって仰るんですか？　そんなこと、ありえないです！」怒りで体が震えていた。

しかし上司はアッサリとそれを認めた。

「課長のデスクの裏に貼ってやるの。イヤな奴なのに悪運が強くてホント腹が立つのよ。本物なら、さすがの課長も……。だから、ね。うふふ」

悪戯っ子のように全く悪びれるふうもなく微笑《ほほえ》む上司に、

「呪ったら自分に返ってくるんですよ、何倍にもなって。止めてください！　あれは早くお焚き上げしてもらいましょう。あんなもの残しておいちゃダメです！」

言い返した上野さんを見る上司の顔つきがスーッと変わった。いつもの朗らかで優しい上司ではなく、そこに居るのは能面のように無表情な女性だった。

能面の女が言った。

「私はこの部署のリーダーとして、あれをどうするか決める権限を持ってるのよ。あなたは、もう口出ししないで」

「……それであの呪い札、上司が使っちゃったのね？」と小田さんが呆れ顔で訊ねると、上野さんが頭を振った。強気な上司に、それでも上野さんはもっと強気に言い続けた。

貴方が人を呪うようなことをすれば、あれを踏み続けた部下の私達にも呪いが返ってくるかもしれない、それでもいいのか、と。おそらく鬼のような形相になっていたと思う、と自分を振り返って上野さんは、やっと笑った。

上司は、上野さんのあまりの剣幕に引いて、

「一応使わないけど置いておく。皆の目には触れないけど、あなたが判る場所に」

二人だけに判る引出しの中に、厳封して保管することになった。

上野さんは、ほぼ毎日引出しをチェックして使われていないことを確認しつづけていると小田さんに話した。


その騒動から四年後、上野さんがホテルを退職し、小田さんと久しぶりに会った。

土色だった顔色は普通に、そして体も少し肥えている上野さんを見て小田さんは心底安堵した。そういえば、とあの呪い札の話題を切り出すと、上野さんは小田さん父娘に迷惑を掛けたことを詫びた。

結局焼かれなかったのねーあのお札、と苦笑する小田さんに肯いてから上野さんは言った。

「あれ生きてるよ、たぶん今も」


上野さんが退職を決心する少し前だった。

上野さんの上司の天敵だった課長が、遂に降格させられた。

大喜びの上司を見ていて、上野さんはふと存在をすっかり忘れ去っていた札のことを思い出した。毎日から週一、週一から月一にチェックは減っていた。もうその頃には数か月に一度、思い出した時に、くらいになっていたが久しぶりに引出しを開けてみて絶句した。札は無かった。

上司の機嫌を見計らって訊ねてみると、ノンビリとした声で
「あーあったね、そんなの。もう私、すっかり忘れてたわ。無くなった？　歩いて行ったんじゃないの？」

（課長の所へですか？）という言葉を呑み込んで、上野さんはそれ以上、上司を追及しなかった。

同じ頃、Bホテルでは宿泊客が客室で撮った写真にハッキリと霊が写りこんでいた、という騒ぎが「ひっそりと」起きていた。

それを見た同僚達は「ありゃ写ってるなー、しょうがないなー」とぼやき合っており、上野さんは何気にイヤな感じがしつつ、交替制の客室チェック当番の業務にあたった。

ある部屋のチェックをしようとした時だ。

その部屋は某有名人の気に入りの部屋だが、しばらく宿泊がなくリザーブされたままの状態になっていた。チェックの対象室に入っているので上野さんが開錠した。

扉を開けようと前方に押すと、中から強い力で押し戻された。

上野さんは押し戻された時の感触を腕に残したまま突っ立っていたが、みるみるうちに

全身の毛孔が粟立ってきた。心霊写真が撮られたのはこの部屋ではなく二つ隣であり、違う部屋だ。

だが、以前からこの北向き窓で並ぶ客室では、いずれかに入った客が部屋を替えてくれと訴えてくることがよく起きていた。部屋に誰か居る、カーテンを開けたら窓に人の顔が映っていた等々の理由で。

そして扉が押し戻された客室をいつも使う有名人は、この部屋に滞在中に、家族が理由の判然としない謎の自殺を遂げていたのだった。

「このホテルはマイナスのエネルギーが集まる磁場になってる、そう思った」

呪いの札も幽霊の出没も偶然ではなく、ここを目がけて集まってきているのでは、と上野さんは考えたのだ。

「辞めてからは体調もよくなって、前に見つかった病気も見当たらへんらしいわ」

上野さんの話を聞いていた小田さんはポツリと漏らした。

「そんなこと知らんとBホテルに泊まる人、可哀相。それにまだ館内に呪いのお札があるんよね?」

「さあ、どうやろ。ホテル業界の人って転職者が多いし、転職先ほとんど同業種らしいよ。だからあのお札を次に見つけた人が出ていく際に持ち出して再利用してはるかも。再々利用か。それにね、幽霊が出るのはBホテルだけじゃない。R、U、Z、H、Oも出るらしいし。Hなんか百パーセントの確率で幽霊を見られる部屋があるって聞いてる。だから」

あのお札をBホテルに置いた犯人が、転職した先のホテルにまた作って置いてると、私は思ってる。

たぶんそこも世界遺産とかの近所の、マイナスエネルギーの集まりやすい場所にある幽霊が出るホテルで……。そこで見つけた人がまた再利用するのかなぁってね。

裏山の鬼

高見さんは小さい頃から鼻を強くかむと、母から烈火のごとく叱りつけられた。

「なんべん言うたらわかるの？　鼻は大事にしなアカンって、いつも言うてるやろ」

高見さんの母の説明は、こうだった。

鼻の腺は脳と繋がっている。

鼻の病気になって手術をして、万が一鼻の腺を傷つけたりしたら脳に影響する。

昔、母の遠縁にあたる娘さんが蓄膿《ちくのう》手術で鼻の腺を傷つけてしまい、それが脳に深刻なダメージを与えた。彼女は美人で聡明で、そろそろお嫁にいくくらいの年齢だった。

それが手術後、家族以外の人間には決して会わせられないくらい頭がおかしくなってしまい、座敷牢に押し込められて今に至る。

「そやし、鼻は大事にしなあかんのや！」

（そんなん昔の話やろ、現代の医学じゃありえへんわ）

高見さんはウンザリしていた。

去年のこと。横浜に住んでいる母方の伯母が、高見さん宅に泊まりに来た。

伯母は、高見さんの母の七歳上の姉で、性格が姉妹とは思えないほど違っている。母は座敷牢の話をはじめ各種の迷信を鵜呑《うの》みにして怖がる性分だが、伯母は元教師で結婚後ずっと関東で暮らしてきたこともあり、京都の実家に伝わる迷信めいた話など全く気にしないたちだった。

(伯母さんは解ってくれはるわ。あんな鼻の話、あほらしいって)

そこで他の家族が皆寝静まるのを待って、深夜伯母さんと二人きりになった時、鼻の話を切り出した。

「伯母ちゃんは呆れてるよね？　あんな昔の、鼻の手術がどうのこうのって話」

すると伯母は「堅田の花代さんの話ね」と応じてから、少し間を空けて
「ホントは鼻が原因じゃないのよ。花代さんが狂ったのは」と言った。

「何それ。ウチのお母さんらは、座敷牢の人のこと勝手に鼻のせいにしてるの？」

ううん、と伯母は首を振った。

「花代さんの家族以外は知らないのよ。私は、あることがあって知ってしまったけど。堅田さんのおうちは未来永劫そのことを隠し通すのだろうね」

予想していなかった話の展開に黙ってしまった高見さんを見て、伯母さんは安心させようとしてか、穏やかに話し始めた。

「もう、花代さんはご存命ではないと思う。七十七歳の私が、小学生のとき高校生ぐらいだったし。ずいぶん長い年月が経ったから、何が起きたのか話してもいいだろうね」

伯母が小学生の頃。ある時、親戚の堅田家に一人で泊まりに行くことになった。

堅田家は江戸時代、京都府下の南山城《みなみやましろ》地方のH地域で大庄屋だった家で、その当時でもなお広大な土地を所有していた。

伯母や母の親族の中でも、堅田家は群を抜いて裕福な一族だったそうだ。

同じ京都府内とはいえかなり離れた場所だったが、伯母は心細さよりも、堅苦しい旧家の実家から離れる解放感で浮足立っていた。

「堅田さんとこには娘が二人いて、あんたと同い年ぐらいの子とお姉ちゃん。このお姉ちゃんちゅうのがメチャクチャ別嬪《べっぴん》さんでな。頭も良うて才色兼備や」

到着すると、堅田家の当主である小父さんと小母さん、そして聞いていたとおり伯母と同い年ぐらいの千代ちゃんという妹娘が大歓迎してくれた。千代ちゃんは今か今かと伯母を待っていたらしく、二人はすぐに仲よくなり、寝るときは布団を並べた。

別嬪のお姉ちゃんは迎えに出てこなかったし、夕食の時も姿を見せなかったが、高校生だもの。きっと、いろいろ忙しいのだ。そう伯母は思っていた。

到着して二日目だっただろうか。

千代ちゃんが家の周辺を案内してくれることになった。

家というより屋敷で、その周りは見渡す限りといって良いくらい、堅田家所有の広大な土地である。二人が戸外へ遊びに出ようとすると、小父さんに呼び止められて、こう言われた。

「この辺りはどこで遊んでも構わんがなぁ、家の裏山の目印から上には絶対に行ったらアカンぞぉ」

一瞬（なんで？）と伯母は思ったが、とりあえず、ハーイ、と答えて千代ちゃんと一緒に畑やら野原やらを駆け回った。そして最後に、家の裏山にやってきた。

裏山の中ほど辺りで千代ちゃんが、

「あ。ココまでやわ」

くるりと踵《きびす》を返した。

見ると小さな、石碑とも呼べないような石造物が、ちょこんとそこに鎮座していた。

カッコイイ目印を想像していた伯母は、そのみすぼらしさにガッカリした。

これが目印？　なんでココから上に行ったらアカンの？　と伯母が訊ねると、千代ちゃんは少し面倒くさそうに答えたという。

「さあ。ずっとそういう決まりみたいやわ」

ふーん。伯母の好奇心は満たされないまま、千代ちゃんに従って裏山を下りようとしたまさにそのとき、である。二人の前にスーッと人影が立ちはだかった。

「お姉ちゃん！」

千代ちゃんが叫んだ。

（この人が？）

伯母は初めて姉娘の花代に会った。

確かに高校生くらいの年頃で、評判どおりの美人である。

しかもその優しげな雰囲気に魅せられて、伯母はたちまちボーっとしてしまった。

そんな伯母の様子を察したのか、花代は伯母に優しく微笑みかけて手をとり、申し出た。

「さあ行きましょう。私が居るから大丈夫よ」

聞くや、妹の千代は「ダメッ」と激しく頭を振る。

そんな妹には目もくれず、花代は伯母を誘った。

彼女にウットリとしていた伯母は木偶《でく》のごとく従って進んだ。

本当は行ってみたかった目印より上に、花代お姉さんが連れて行ってくれるのだ。

小父さんだって許してくれるだろう。そんな下心もあったそうだ。

押し黙って登る花代と一緒に、気が付くと裏山の頂に近い場所まで登ってきていたらしい。もう薄暗さを感じるくらい日も暮れた。

「お姉さん、帰ろう」

返事が無い。不安になった。

見ると花代はしゃがみ込んでいた。

そこには、苔むし崩れかけた小さな墓石の大群が在った。

そして花代は嬉しげに墓石の一つ一つに話しかけている。

お姉さん、どうしちゃったんだろう。

「おねえ……」と再び声を掛けた伯母は、次の瞬間信じられないものを目にする。

「ケケケッ！」

奇妙に嗤《わら》い振り返ったその顔は、花代とはもはや別人であった。

鬼としか言い表せない、醜悪な、おぞましい顔。

絶句する伯母に花代のその顔が迫ってきた時、

「おいっ！」

駆け寄る小父さん達の声が聞こえた。

(助かった……)

伯母はそのまま気を失い、後のことは全く覚えていないそうだ。堅田家の布団の上で目が覚めると、小父さん夫婦が床に額を擦りつけて「申し訳ない、花代が本当に申し訳ないことをしたねぇ」と泣きながら謝ってきた。そして、花代は思春期になってから時々あんな風におかしな行動をとることがあるのだと説明された。

花代が伯母を連れて目印の上に登りはじめたあと、千代ちゃんが山を転がる勢いで駆け下りて父親に助けを求めたのだそうだ。

翌日、伯母は堅田家から、たくさんのお土産を持たされ帰された。

小父さん小母さんから口止めのようなことは頼まれなかったが、伯母は帰宅後、決して堅田家で起きた出来事を家族に話さなかったという。

よくしてくれた堅田家の人達への、せめてもの御礼として口外はしない、と決めたのだそうだ。

しばらく経って、堅田花代が蓄膿の手術の失敗で気がふれ、座敷牢で暮らすようになったと大人たちから聞かされた。

伯母の家で共に暮らしていた親族の中に、堅田家に近い血筋の老女がいた。

この人にだけ、伯母はあの裏山での出来事を打ち明けたのだという。

「あの山の上の墓石はね。堅田家が代々治めてきた幾つかの村で、何か皆から村八分されるようなことをした人ら、伝染病で死んだ人や掟を破って死刑になった人らを、古いお寺の跡に集めて埋めてあるって、あてのお祖母さんが生前言うてはったねえ」

老女は、そのように教えてくれたそうである。

堅田の花代さんは、娘らしい好奇心であの裏山の墓石を見に行って、古い悪いもんに憑かれてしまわはったんかもな、かわいそうに。老女はそう言って涙を流したという。

伯母もまた一緒に泣いた。


伯母から真相を聞かされた高見さんは、インターネットで南山城のH地域を捜し出して、片っ端から遺跡などをチェックしたところ、H地域の中心部より少し外れた小高い山にY寺跡という中世寺院の遺跡を見つけた。

たった一人だけY寺跡で撮影した写真をホームページに載せている人がいて、確かに、山上の風化してほぼ崩れかけた墓石群と、そこに行く途中の「Y寺跡への標識らしき石碑」の写真が説明付きでアップされていた。

撮影した人に何事も起きなければよいのだけど、と高見さんは心配している。

御霊

御霊《ごりょう》とは。

政争に巻き込まれて非業の死を遂げた人の霊のことである。

死後に怨霊となった彼らは、仇敵とその子孫だけを祟るのではなく、社会全体に対して災害・疫病をもたらすと考えられ、大変恐れられた。

怨霊を手厚く祀り慰めることで、恐るべき祟りの霊を、世に平穏を与える鎮護の神に転換する。それが御霊信仰の始まりである。日本各地でその土地に縁ある御霊が崇められてきた。

京都市には二つの大きな御霊神社がある。

すなわち、現在の京都御所《ごしょ》の北に位置する上《かみ》御霊神社（＝正式名称は御靈神社、上京《かみぎょう》区《く》）と、南東に位置する下《しも》御霊神社（中京区《なかぎょうく》）であり、いずれも八所《はっしょ》御霊と呼ばれ古来より朝廷が畏怖してきた八名の悲劇の貴人を祀っている。

私自身の体験をお話ししたい。

前述の二社のうち上御霊神社は、実家の隣の区に在るのだが、怨霊を祀る神社というイメージが恐ろしくて、大人になるまで近づきがたい社《やしろ》だった。

しかし職場への通勤の道すがら毎日傍らを通らねばならず、一度きちんとお参りしておくべきだと思い立ち、ある日参拝することにした。

住宅地の中に鎮座する今の景色からは到底思いつかないのだが、かつて此処は「御霊の森」と呼ばれた広い森だった。

この御霊の森こそが応仁《おうにん》の乱発端の地であったことは、その兵火が京都の街を焼き尽くしたことからも、何か因縁めいてはいないだろうか。

さて、御霊を畏《おそ》れ敬うに相応しい粛然とした空気に浸り、本殿で拝礼し頭を上げたその時である。

本殿の左側辺りからさらに左の方、末社摂社の建物の方へ人のような何かがスーッと動いたのを、見た。生きている人間ではない、それだけがわかった。

誰かの背後に何かが見えることなど全く無いのだが、「なんとなく居はるなぁて、わかる」時がたまさかある。この時も、それであった。

なんとなく全部が白い、おそらくは女性で、直感的にだがナリ（身なり・服装）からして江戸時代辺りの人ではないか、と勝手に思った。

（ほな、此処の神さんとは違うなあ。昔の神社の人か信者さんの霊かなあ）

八所御霊と呼ばれる上御霊神社の祭神は、平安建都以前、光仁《こうにん》天皇皇后の井上内親王《いのうえないしんのう》母子や桓武《かんむ》天皇皇太弟の早良《さわら》親王をはじめとして、平安前期までの朝廷関係者がほとんどである。

その時の私は、（今見かけたのは神様じゃない）と即座に思い、（変なものを見かけたな）くらいの心持ちで神社を退出した。が、外に出て自転車に跨った途端、横合いから強い力で何かに押された。

あっと思う間もなく、私は自転車に乗った体勢のまま、門前で無様に転倒した。

辺りには誰もいなかった。

腰を石畳で強打して涙が出そうに痛かったが、そのあと職場に向かわなければならなかったので痛みを堪えてペダルを漕ぎ、その後も忙しさにかまけてだましだまし一か月。なんとか少し痛いくらいの状態で過ごせていたのが、ある朝、遂に起き上がれなくなった。整形外科へ行くと、腰骨がズレていると診断された。

私は、あの日上御霊神社で何か非礼なことをしてしまったのだろうかと思い悩んだが、さりとてあの「白い女人」を見たこととは全く結びつけて考えていなかった。

霊感というほどではないが、日常（なんか居るんちゃうの）と感じることくらいはよくあることであったから「あれ」を見たことが自分にとって大きな出来事になるとは思いもしなかったのだ。


上御霊神社参拝後に転倒した事件から一年も経ってはいなかったと思うのだが、京都の怖い話ばかりを集めた随筆を読んだ。

作者は京都市の街中で生まれ育ち、現在は英国に住む作家、入江敦彦《いりえあつひこ》氏。

京都の歴史上の怖い話が大好きで、かなり知っているという自負が私にはあったのだが、入江氏の『怖いこわい京都』は既知の怪談でも切り口が新鮮で、夢中になって何度も読み返した。そしてそこに、一つだけ全く知らない話が載っていて、釘付けになってしまったのだ。それは御霊神社についての、たった一文だった。

「光格《こうかく》天皇の子を宿しながら臨月に殺害された菅原和子《すがわらかずこ》などが〈上御霊神社〉にも新たなる怨霊として加わり八所どころではなくなった。」

振り返ると、この本のこの一文との出会いが、私にとっては御霊との不思議な係わりの「再」出発点となったのである。

御霊神社の祭神となった菅原和子に俄然《がぜん》関心を持った私は、彼女の生涯について片っ端から調べだした。その結果、インターネットや先の入江氏の作品中の話の大元にあるのが、猪熊兼繁《いのくまかねしげ》「維新前の公家・京都御所」（『明治維新のころ』所収）であることがわかった。

以下、概要を記す。

――江戸時代後期、光格天皇の御世。天皇の寵愛深かった女官、掌侍《しょうじ》菅原和子は皇子盛仁《たけひと》親王を出産した翌年に再び臨月を迎えていた。

盛仁親王は、父光格天皇の命で生後二か月にして京極宮家《きょうごくのみや》（もとは桂離宮を造営した八条宮家《はちじょうのみや》）を継承し、桂宮《かつらのみや》の宮号を賜っていた。

ある日、菅原和子が後宮の建物の廊下を歩いている時、事件は起きた。

彼女は廊下から足を滑らせて庭に転落し、そのまま皇女を死産して翌日死亡した。

廊下には誰の仕業か蝋が塗られていて、不慮の事故ではなく殺意をもって仕組まれたものであったと噂された。

悲運の母子の遺骸は、夜のうちに密かに御所から運び出され、浄福寺《じょうふくじ》境内に埋葬された。

しかもその日からすぐ後に、和子の忘れ形見である桂宮盛仁親王が、僅か一歳で亡くなったのである。

その後、例の廊下付近では、亡き和子が赤子を抱えた姿で恨めしげに佇む姿が見られたとされる。

十二年後。同じ月に同じ場所で、臨月の女御（次代の仁孝《にんこう》天皇の嫡妻であった鷹司繋子《たかつかさつなこ》）が、菅原和子の時と全く同じ状況で母子ともに亡くなり、後宮の者たちは恐怖した。

菅原和子の亡霊ばかりか女御の霊も現れたので、御所に二人のための祠を建てたという。

それからさらに時はめぐり明治十四年、明治天皇の子女が次々に早逝したことについて「京都に残された菅原和子の祠をきちんと祀らないからではないか」という声が上がったため、和子は上御霊神社に合祀《ごうし》されることとなった。この時、菅原和子の時代よりも古い、霊元《れいげん》天皇の御世に起きた小倉《おぐら》事件の関係者四名も共に祀られることになり、相殿《あいどの》五座、三社明神四座（小倉氏四名）と和光明神一座（菅原和子）となって現在に至る。

なんと、上御霊神社には八所御霊の他に、江戸時代の御霊もお祀りされていたのか。

そこでやっと「あの白い女人」が私の頭の中で、転倒したことと繋がってゾッとしたのだった。

その後、幕府役人の記録に、菅原和子事件は呪詛《じゅそ》・毒殺であり、逮捕者が出たことが記されているという最近の研究を知った。

因《ちな》みに菅原和子は、菅原が本姓（苗字とは異なる本来の姓）であり、東坊城《ひがしぼうじょう》和子と一般的には呼ばれている。

被害者の実家の東坊城家、関与を疑われた女官たち、いずれの公家とも私は全く縁が無いはずなので、ますます困惑を深めていたのだが。

意外なところに「もしかしたら」という理由を見つけた。


それは私の幼い頃、それも小学校低学年くらいの年頃の思い出である。

母の実家に行った晩、私は居間でうたた寝をしていた。

途中目覚めたのだが、大人たちが車座になってヒソヒソ話しているのに気づき、寝たふりをしてジーっと聞き耳を立てていた。

「……怨念とか、あるんやろか」

呟いたのは私の母だったように思う。

「そらあなぁ。やんごとない方の所縁の御人やけど、お墓の石の裏側に目立たんようにスガワラって実家の名字が彫ったあるそうえ。やっぱりあないな死に方やったら表側には出せへんのやろなあ」

スガワラさんのお墓の説明をしているのは、祖母だった。

そこで私はガバッと跳ね起きて、祖母に尋ねた。

「スガワラさんって、北野天満宮の神さんの名前やろ？　そこの家の人のお墓の話？」

大人たちは目を剥いて固まった。気まずい沈黙。今にして思えば答えることが憚られる話題だったのだ。

暫くすると「かなんな、この子。寝ぼけてからに」皆が一斉に白々しく笑い始めた。

むきになった私は断言した。

「寝ぼけてへんわ！　スガワラさんてちゃんと聞こえたもん。それに、やんごとない方って天皇さんのことやろ？　天皇さんに関係あるスガワラさんが変な死に方しはったから、お墓の表側に名前彫れへんって言うてたん、ちゃんと聞いたもん」

子供の頃から、一端《いっぱし》の歴史オタクだったから負けずに言い返したのだが「天皇さんの関係者」という私の断定が、その場では完全にアウトだったのだ。今にして思えば。

静かに笑っていた祖母の表情が、私の言葉を聞くや一変した。

いつも柔和な祖母の顔が、見たこともない恐ろしいものに変貌する。

「アテらは、そないな話してへんよ。アンタ、夢見てたんやろ」と言い渡された。

そのあとは問答無用で家に帰されたように記憶している。

子ども心に優しい祖母の怒りを買ってしまったこと、正しい聞き取りをしたのに誤魔化されたこと、どちらもが悲しい記憶だったが、再び訊いてもムダと諦めのうちに封印した。

その後、私が高校生くらいになった頃だったろうか。

母の実家から明治天皇に近侍した女官を出したという話を私は聞いた。昭憲《しょうけん》皇太后（明治天皇の皇后）付きの女官だったそうで、形見として大垂髪《おすべらかし》に十二単《ひとえ》らしき正装姿の局の乾板写真が仏壇の引出しにソッとしまってあったのを、祖母が出してきて見せてくれた。

誠実な仕事ぶりを「××（局の名）は誠じゃ」と明治天皇直々にお褒めいただいたんやで。祖母は局の話をするとき、とても誇らしげだったことを今も時々思い出す。

もちろん、局についての質問は何でもオーケーで、質問していない宮廷秘史のような話まで延々としてくれた。

ある時、胸に封印していた例の子どもの頃の「スガワラさんの話」を質問してみようと思った。もう私も大人だから、話してくれるのでは、と。

それに明治天皇と皇后に近侍した局と、あのスガワラさんのお墓の話は繋がりがあるのではないかな、という気がしたのだ。スガワラさんは天皇さんの関係者だったはずだし。

恐る恐る、祖母にあの日のことを尋ねてみた。

はじめ祖母は微笑みながら「そないな話した覚えないえ」と答えた。

しかし「ううん、おばあちゃん。私絶対聞いたで。ずっと気になって覚えてたもん」と食い下がると、またも表情が変わった。

しかし怖い顔というよりは、無視を決め込んでいる冷たい表情で返された。

「アンタには気の毒やけど、全然覚えてへんわ。……夢見てたんとちがう？」

詮索しないでくれ、という祖母の静かな抗議の感情が見えて、私は黙った。

以後祖母が亡くなるまで、二度と尋ねることはしなかった。

スガワラさんとは、菅原和子のことだったのだろう、と思う。

天皇に所縁《ゆかり》ある人だったこと。

怨念が残るとか、あんな死に方といわれる最期であったこと。

そして、京都市上京区の浄福寺境内にある「光格天皇皇女　霊妙心院墓」には皇女の宝篋《ほう》印塔《きょういんとう》の隣に、母東坊城和子の石塔墓があり、或る情報では墓石裏側に菅原と彫ってあるとのこと。

この原稿を書くにあたり、もう書き始めて途中ではあったけれど上御霊神社へ参拝した。

今回は転倒しなかったのだが、参拝後に社務所にて「心しづめ」という、刺繍した御札がカードケースに入った御守をいただいてきた。

母の実家との因縁は、おそらく永遠に解らず終いになると思うが、幼少期の不思議な思い出と、参拝後の事故と、上御霊神社の知られざるご祭神とが奇妙に繋がったこのご縁を怖がるのではなく、大切にしていきたいと今は思っている。

実は最近、長いこと不眠に悩まされてきたが「心しづめ」御守を枕の下に入れて寝たら、ぐっすり眠れるようになった。不眠症気味の方には是非お勧めしたい。

深津さくら

ふかつ・さくら

京都造形芸術大学芸術学部卒。大学時代は美術と実話怪談を研究。二〇一八年より怪談師として活動を開始。現在は関西を中心にイベント・メディア出演を行っている。

鴨川の人形

京都にある美術大学の学生だった頃の話である。

初夏、私はとあるアーティストの作品制作と展示を手伝うプロジェクトのメンバーになった。

そのアーティストは、いわゆる現代アートの分野で活動する若い二人組で、川に捨てられたゴミを組み合わせて作った立体作品が人気を集めていた。

大学が所有するギャラリーで彼らの展覧会が行われることになり、そこでの展示がインスタレーション（その場所限りの作品）を含む大掛かりなものだったため、大勢の学生が制作のサポートをするために集められたのだった。

ある日曜日の昼だった。

その日は天候が不安定で、晴れ間が覗いたかと思うと時折雨が降る蒸し暑い陽気だった。

三条大橋から七条《しちじょう》のあたりまでを往復しながら、鴨川《かもがわ》の河川敷を歩いたり川の中へ入ったりしてゴミを一日がかりで拾い集める予定だった。

学生達は、作業服に軍手をはめ、長靴を履いて集合し、ひとりひと袋のゴミ袋を携帯して、作家の号令で鴨川へ向かった。

三条河原町《かわらまち》は暑かったが、鴨川に出ると涼しい風が吹き渡っていた。

河川敷には定期的に清掃が入っているのか、目立つゴミは見当たらなかった。だが、ひとたび水の中に入ると、煙草、ビニール、空き缶、傘、サンダル、小銭、夥しいゴミが藻をまとって沈んでいることがわかった。時には使用済みの注射針が沈んでいることもあり、ゴミの捜索は注意が必要だったが、気持ちのいい水中に目を凝らす非日常的な行為は非常に楽しく、私は時間を忘れてゴミ集めに没頭した。

ふと気がつくと一緒に来ていた友達と遠く離れていた。水の中の大きな石の隙間に黄色いものがふわふわと揺れているのが見えて、手を突っ込んでそれを引っ張り出した。プラスチック製の小さな裸の人形だった。

手のひらにおさまるほどの大きさだっただろうか。子供のような頭身のバランスだったが、肌の色は白く褪せ、目や口の塗装はほとんど剥げており、左腕のパーツはなく、金色の髪はゴミとともにひどく絡まって塊《かたまり》のようになっていた。

ガラス片やタバコのゴミばかりで若干の飽きを感じていた私には、その人形が価値のあるゴミに思えた。

結局夕方までにゴミ袋が重たくなるほどのゴミを拾うことができた。学生たちは各々が拾ってきたゴミをギャラリーの隅に並べて、展示の準備を進めた。

二週間後、無事に展覧会が始まり、一般客向けのワークショップが開催された。

オリジナルゴミTシャツを作ろうという内容で、参加者はさまざまなゴミの中から気に入ったものを選び、無地のTシャツに縫い付けて飾りつける。一度誰かに棄てられて価値を失ったゴミを、参加者自ら再び価値あるものに仕立て上げることで、ゴミについて考えることを目的としたワークショップであった。

私はその場に手伝いで参加していたが、準備作業が終わったあとはするべきこともなく、せっかくなので上級生のレクチャーを聞きながら自分もオリジナルゴミTシャツ作りに取り組むことにした。

ワークショップは和やかな雰囲気で進行した。カラフルなお菓子のゴミを何個か集め、縫い付けている時だった。

「うわっ！　気持ち悪い！」

ある女性の参加者が、私が川底から拾ったあの人形を持っていた。参加者達は口々に気味が悪いと言って笑った。笑われたあと、人形は乱雑にダンボール箱に戻された。私は人形を少し不憫に思い、自分のTシャツに付けることにした。

しかし間近で改めて人形を観察すると、経年劣化のためか、やはりどこかおかしな感じがした。

身体が奇妙に反り返っていて、左右の足の長さが違うように見えた。頭に強い力が加わったのか、首が左にかしげるように傾いて、剥げた顔に影が落ちている。口の片側だけがつり上がっているように見えるのは、川の石にぶつかってできた傷のせいだろうか。つい最近捨てられたようにも、数年間水底にあったもののようにも感じられた。

私にも段々気味が悪く思えてきたが、そのいびつさをむしろ味にしてしまおうと思い、他のゴミから人形のかけらや顔に見えるものを探し出して人形のまわりにちりばめ、Tシャツを作っていった。

ワークショップはつつがなく進み、好評のまま終了した。日が暮れる頃に一人暮らしの部屋に帰った私は、ゴミTシャツをハンガーにかけてカーテンレールに吊るした。翌日に提出しなければいけないレポートがあったため、簡単な夕食を食べた後はずっとローテーブルのパソコンで作業していたが、疲れも溜まっていたのでそのまま床で眠ってしまった。

おかしな夢を見たのはその夜だった。

気が付くと暗闇の中にいた。二メートルほど先に川で拾った人形がぽつんと浮かんでいた。ただそれだけなのだが、私は自分の体を動かすことも人形から目を離すこともできない。闇の中に、なにか蠢《うごめ》く気配を感じる。段々と息が苦しくなってきて、胸がつまるような恐怖感に囚われる。長い長い時間が流れる。

激しい動悸とともに目を開けた時、私は声を上げてしまった。ハンガーにかけたTシャツの真ん中に付いている人形が、さきほどの夢と全く同じ位置、大きさで視界に現れたからだ。まるで、まぶたにトレースされたようだった。

時刻は夜中の三時過ぎだった。夏が近づいているにもかかわらず、ワンルームの自室に冷たく重い空気が流れるのを感じた。私は恐怖で強張《こわば》った体を奮い立たせて立ち上がり、Tシャツをハンガーから外して、押し入れの洋服タンスの中にしまいこんだ。

……きのう、長時間あの人形を観察したのだ。イメージが頭に残って、おかしな夢を見たのだろう。たまたまだ。

しかし、私はそれから毎日同じ夢を見た。夢に変化はなく、暗闇の中にぽうっと浮かぶ人形を見つめ続けるばかりだった。

すぐに睡眠不足になり、ひどく体が疲弊した。押し入れを開けることがだんだんと怖くなっていった。いっそ捨ててしまおうかと思ったが、なぜか抵抗があった。

あの人形は、いったい誰がどうして捨てたんだろう。

一週間ほど経ったころだろうか。

市内で開催された蚤《のみ》の市に、昔からお世話になっていた骨董品店の店主さんが関東から出店していたので、会いに行くことにした。

顔を合わせるなり「顔が真っ白ですよ。どうしたの」と言われた。

私は大学が忙しいこと、きちんと眠れていないことに加えて、人形を拾ってからの出来事を冗談めかして話した。

「すぐ捨てたほうがいい」

店主さんは真剣な表情で言った。

「人形を大事に思ってる人は、誰かに譲ったり、お寺に持っていったりするもんだよ。ちょっと考えてみて。それまで大事にしていたのに、いらなくなったからって突然川に投げ捨てたりしないと思わない？　逆に、人形を捨てることになんの抵抗もない人は、わざわざ川に持っていったりしないで家で捨てればいいでしょう。いずれにしても家では捨てられない人が川に捨てる。川で拾ったということには、それなりの理由があると思ったほうがいい」

家に帰ったあと、私はTシャツをゴミ袋に入れて大学のゴミ捨て場に持っていった。

その晩からあの夢を見ることはなくなった。

私は今でも毎日続いたあの光景を鮮明に覚えている。

鴨川の穏やかな川の底には、誰かが手に負えず手放した怪異が揺らめいているのかもしれない。

山のロッジ

大阪に暮らすNさんという男性は学生時代からトレッキングが趣味で、社会人になってもよく山へ行っていた。

冬から春へと移行する季節、週末に予定が合った友人たちと四人で京都の山を登ることになった。

京都には「京都一周トレイル」という、割と自由の利く、つまりどこからでも登り下りができる登山道がある。相談の結果、その日は修学院《しゅうがくいん》のあたりから比叡山延暦寺《ひえいざんえんりゃくじ》へ至るコースを選択した。

前日まで続いた雨も落ち着き、雲の隙間から時おり陽が射しこむ暖かな日和だった。午前十一時に叡山電鉄修学院駅で待ち合わせたNさん達は、白川通りから音羽川《おとわがわ》沿いを東に歩くルートで雲母坂《きららざか》登山口を目指した。

住宅街から少し離れ、修学院離宮や曼殊院《まんじゅいん》の脇を抜けると雲母坂に出る。このコースは距離としては比較的短いものの、勾配がきつく、さすが修験道といった険しさだった。

Ｖ字に切り立った山に挟まれる雲母坂を息を切らして歩いていくと、やがて京都一周トレイルに合流する。この辺りは地形的に霧が出やすく、この日は少し遅れを取ると先頭を歩く友人の姿が霞んで見えづらくなるほどに濃い霧が立ち込めていた。街中からすぐに入れる登山道とはいえ、鬱蒼《うっそう》とした山道である。はぐれないように注意しながら友人たちについていった。

九十分ほど歩いた時だった。不意に霧が晴れ、ずっと続いていた木々がなくなったかと思うと、拓けた草むらに寂れたロッジとリフトが現れた。Ｈスキー場跡だった。

このスキー場は二〇〇〇年代始めに廃業した後、取り壊されることなく現在に至っている。山の中に佇む誰も立ち寄ることのなくなった建物は、遠目に見ても影が差したような薄気味悪さを醸し出していた。

そこでしばしの小休憩を、となったので、Ｎさんは着替えられそうな場所を探した。気温が高い中を息を切らして歩いたので、汗だくだったのだ。友人の中には女性もおり、異性の前で着替えるのは気が引けたので、ロッジに入ることにした。

一階の正面玄関は南京錠で鍵がかけられていたが、ゲレンデ跡地に面した二階部分のドアに手をかけると、すんなりと扉が開いた。

そこは、扉を開けてすぐにまた大きな扉がある小部屋だった。おそらくゲレンデの冷たい空気を防ぐために作られた空間だろう。空気が淀み、埃っぽいにおいが充満していた。Nさんは手早く着替えを済ませると、生来の好奇心に任せてロッジの中を少し探検してみることにした。

大扉を開けてみると、片側に窓が並ぶ長い廊下に出た。右側には階段があり、階下には食堂らしき空間が見える。そこには長テーブルや椅子などがぼろぼろに朽ちて散乱していた。そちらに気を惹かれながらも廊下を真っ直ぐ進み、突き当たりにある扉をゆっくりと開けた。

そこには十畳ほどの空間が広がっていた。扉を大きく開けて廊下に差し込む光を入れると、小物が点在し雑然とした部屋の中央に、入り口側に背を向けてソファーが置かれているのが見えた。

部屋の中に歩を進め、何気なくそのソファーに目を落として、Nさんは叫び声をあげそうになった。

ソファーに人間が横たわっていた。

作業服のようなものを着た大柄な体躯《たいく》の男が膝を曲げ、両手で顔をぴっちりと覆った奇妙なポーズのまま固まっている。

生きているのか、死んでいるのかもNさんにはわからなかったが、もしも生きているとしたら、こんな山奥にいるのが信じられないほど軽装だった。

死体か、逃亡中の犯罪者か、あるいは……。Nさんの頭に恐ろしい考えがめぐった。

心臓が口から出そうなほどの不安に駆られ、泣きそうになりながら後退りで入り口まで戻った。外階段を駆け下りたNさんは、休憩していた友人たちに早くこの場から立ち去ろうと訴え、強引に出発を促した。

無事に目的地の延暦寺に到着しても、Nさんだけは無邪気に喜ぶことができなかった。

あの場所で見たものは一体なんだったんだろう。作業着のようなものを着ていたから、あそこは工事現場作業員の休憩室だったのだろうか。いや、しかし途中工事現場など見当たらなかった。そもそも車が通れる道もない山の中だ。では、遺体だったのだろうか。でもあんな湿気の籠った場所では腐臭がきつくなるはずなので、その線もないだろう。さまざまな考えが頭を占領した。

Nさんはそれからしばらく「比叡山のロッジ跡で死体が見つかった」というニュースが報じられないか、取り憑かれたように確認した。しかし、いつまで経ってもそれらしき記事は出てこなかった。

それから数年が経ったある日、Nさんは堀川《ほりかわ》五条《ごじょう》で開催された怪談会を観に行った。

知人の女性がイベントの主催者だったこともあり、終演後に参加者も交えて何名かで雑談していると、不意にその知人が「怪談といえば……Hスキー場跡っていう場所わかりますか？　私、あそこのロッジで不思議な体験をしたんです」と話し始めた。Nさんは驚きつつも耳を傾けた。

「この前友人と山登りに行った時に、少し道に迷ってしまって、気がついたらあのロッジの前に出ていたんです。それで私、中を探検してみたくなって、友人を置いてひとりで一階の入り口から中に入りました。ちょうど食堂の跡地みたいな場所で、床に古い電卓が埃をかぶって落ちていたんです。食堂に電卓って変ですよね。それから二階に上って、突き当たりの廊下にある扉に手をかけたんですけど、急にぞわぞわと扉の向こうの部屋を見たくない気持ちが湧いてきたんです。どうしてかわからないけれどとっても怖くて、踵を返しました。でね、一階に戻って外に出ようとしたら、さっきの電卓が目に入って……びっくりしました。数字がぐちゃぐちゃに表示されていたんです。私、触ってないのに。あ、来ちゃいけなかったんだと思って、怖くてロッジを飛び出しました」

Nさんは絶句した。そして、ロッジ二階の突き当たりの部屋で横たわっていた人間の姿が脳裏にありありと蘇ってきた。

Nさんは、ずっと考えないようにしていた。しかし、この時はこう思わずにはいられなかった。

……もし、あれが霊だったとしたら。ぴっちりと顔面を覆った両手の奥で、侵入者であった僕に向かって、どんな表情を浮かべていたのだろうか。

深泥池

左京区《さきょうく》北部の大学に通っていたFさんの体験である。

Fさんは当時、松ヶ崎《まつがさき》のアパートに一人暮らしをしており、山あいにあるキャンパスまで片道三キロほどの距離を自転車通学していた。

家から大学の間には小さな山があった。初めは山をぐるりと迂回する道を通っていたが、土地勘が付いてくると山道を抜けた方が時間短縮になることがわかったので、明るい時間帯は山道を走るようになった。

その日は、午後の講義を三つ受講する予定だった。

朝食を食べ損ねていたFさんは、少し時間に余裕を持って学食にでも行こうと思いたち、午前十一時過ぎにアパートを出発した。

住宅街を抜けて北山通を横切り、細い道を縫うように北上すると、ぽっかりと深泥池《みどろがいけ》が現れる。友人達からここが曰く付きの場所だという話は聞いていたが、日常的な風景ともなればさして恐ろしさを感じることもなかった。

初夏の京都特有のもやもやと濁ったような曇天《どんてん》を映して、水面が鈍く揺れていた。昼前には珍しく、周辺には車一台走通っていなかった。景色を眺めながら池沿いに自転車を走らせていると、ふとFさんの目に留まるものがあった。

三十メートルほど先の池のほとりに、ゆらゆらと草が伸びている。その間から、鮮やかな緑色の物体が覗いて見えた。蛍光味を帯びているので植物ではなさそうだ。誰かが投棄したゴミだろうか。そう思いかけたが、Fさんはすぐに気がついた。

人の形をしている。

距離が近づくにつれ、それが全身緑色に染まった裸の子供だとわかった。年の頃は十歳くらいだろうか。草の中に俯《うつむ》き加減に立っている。

異様な光景から目を離すことができないまま、スピードに乗った自転車はぐんぐん進んだ。すれ違うという時に、子供がふっと顔を上げてこちらを見た。次の瞬間その顔が笑顔の形に歪んだ。眼球も歯も口の中も、すべて均一な緑色だった。

Fさんは反射的にペダルを漕ぐ足に力を込めた。嫌な汗が噴き出し、心臓が早鐘を打った。パニックを起こしかけている自分とは裏腹に、池を囲む住宅群は異様なほど静まりかえっていた。一刻も早くこの場所から遠ざかりたかった。

とにかく大学へ行こう。

Fさんは走り慣れた道を北へと駆けた。このまま進めば山道になることはわかっていたが、来た道を戻って遠回りをする気にはなれなかった。大丈夫だ。このまま行こう。あと十分も走れば大学に着けるんだから。

やがて道が細くなり勾配が出てくるにしたがって、自転車のスピードが出せなくなっていった。その頃には深泥池から距離もとれており、Fさん自身も体力を消耗しつつあったので、少しペースを落として走ることにした。

Fさんはペダルを漕ぎながら先ほど見た光景について考えた。あれは一体何だったのだろうか。どうか、子供のいたずらであってほしかった。しかし、子供が平日の昼に、たった一人であんな場所で手の込んだいたずらをするだろうか。蛍光色の塗料を塗って、裸になって。

Fさんは、子供の歯を剥き出した笑顔を思い出して、腕に鳥肌が走るのを感じた。もし、いたずらではないとしたら、自分は何を見てしまったのだろうか。友人達が噂していた深泥池の怪談話とは何もかもが異なるけれど……。

まとわりつく悪寒を振りほどくように山道を行くと、やがて小さなトンネルに差し掛かった。奥の方に見える出口からひんやりとした山の風が吹き抜ける、人気のないトンネルだった。

Fさんが、日差しとトンネルの影との境界を抜ける瞬間だった。

視界の右端を一瞬鮮やかな緑色がかすめた。

植物と間違えるはずもない、蛍光味を帯びたあの色だった。

まさか……。

Fさんは瞬間的に後ろを振り返りそうになったが、確かめるべきではないと第六感が訴えた。震えて空回りしてしまいそうな足でペダルを踏んだ。トンネルは真っすぐで出口は始めから見えている。早くここから出たい。

しかし、すぐにトンネル内部の異様な様子に気がついた。いつもなら端から端まで一分もかからないはずなのに、どういうわけか走っても走っても出口に近づくことができない。まるで、自分が走るそばからトンネル自体が伸びているかのようだった。

ずっと、背後から追いかけてくる足音が響いていた。

ぺちっ、ぺちっ、ぺちっ、ぺちっ……。

その音は、濡れた道路を叩く裸足を思わせた。

Fさんはトンネルの出口だけを見つめた。ふと目線をずらせば、後ろを追ってくる緑色の子供を視界の端に捉えてしまうのではないかと思えたからだ。

どうしたらいいのかもわからないまま漕ぎ続け、そのまま五分も十分も経ったように思われた。その間、Fさんの自転車はずっと猛スピードで走っているはずなのに、背後の気配は徐々に距離を詰めてきて、Fさんの背中にまで迫っていた。Fさんの息は乱れ、太ももは固く強張って痛み、手足の先は冷たく痺れていた。背中から子供の息づかいが聞こえた。不規則な呼吸のリズムはまるで笑っているかのようだった。

自分はこのままどうなってしまうんだろう。Fさんは恐怖感に押しつぶされそうになり、目をぎゅっと瞑《つむ》って、壊れそうなほどペダルを漕いだ。そのとき不意にまぶたの裏側で感じられる光が強くなった。驚いて目を開けると自転車がトンネルを抜け出る瞬間だった。

Fさんは一目散に走った。安堵と疲れで涙が溢れそうになった。

大学の駐輪場に自転車を停め、その場に崩れるように座り込んでいると、校舎の方から友人がやってきた。

「F！　お前どうしたん。今日何してたん？」

「いや……何って？」

Fさんは友人と顔を見合わせた。友人が何を言っているのかわからなかった。彼はなおも続けた。

「だから、今日お前の姿が見えないから心配しとったんやって。ていうか今来たん？　もう講義全部終わってるやん」

友人の顔に差す太陽光が橙《だいだい》色に染まりかけていた。はっとして時刻を確認すると、時計の針が夕方を指していた。

訳がわからなかった。異様な事態に見舞われていたとはいえ、体感では家を出てから一時間も経っていないのだ。一体いつの間に六時間以上経ったというのか。とても信じられなかった。

Fさんの頭に〝神隠し〟の言葉がよぎった。行方不明になった人が、何年も経った後にいなくなった当時の姿のまま帰ってきたという話がある。もし、自分がトンネルの中で疲れ果てて、いつまでも出てこられなかったとしたら。もし、自分の背中にまで迫っていた足音に追いつかれていたとしたら……。

それ以来、Fさんが山の近道を通ることはなくなったという。

送り火

大学入学を機に東北地方から京都市左京区へ越してきた久美さんは、忙《せわ》しない新生活にも次第に慣れ、大学前期の単位を無事に修得して、初めての夏休みを迎えていた。

ある日、久美さんのスマホに同じ学部の先輩であるAさんからメッセージが届いた。

「こんばんは。今月の十六日空いてる？　暇だったら五山の送り火を見ませんか。僕がバイトしてる居酒屋が入ってるビルが、送り火の日だけ屋上を開放するんです。どうかな？」

密かに気になっていたAさんからの誘いに、久美さんはすぐ「ありがとうございます！ぜひ行きたいです！」と返信した。

その年の八月十六日は快晴で、薄闇が辺りを包む頃になっても昼間のように蒸し暑かった。時間を掛けて身だしなみを整えた久美さんは、自転車で待ち合わせ場所である一乗《いちじょう》寺《じ》の雑居ビルへと向かった。

そこは、チェーン店の居酒屋と、レンタルビデオ店、学習塾などが入った五階建てのビルだった。約束の時間より少し早めに到着した久美さんは、歩道の隅に自転車を停めると、鞄からてのひら大の手鏡と櫛を取り出して前髪を整えた。常に前髪の形を気にするのが久美さんの癖だった。

少しすると自転車でAさんがやってきた。軽い挨拶を交わして、Aさんの案内のもとエレベーターに乗り込むと、五階にある倉庫のようなフロアに出た。非常扉の階段から屋上に上がる。そこにはすでにたくさんの人がいた。学生、子供、家族連れ、お年寄り……暗くてよくわからないが、皆グループ単位で来ているようだった。ビルのテナントに勤める従業員やその家族だという。

久美さんはAさんと屋上隅の柵にもたれかかった。ちょうど大文字山方面が見渡せた。光の届かない屋上で、みんなゆったりと酒やジュースを飲み、お喋りをしながら送り火を待っていた。

Aさんは実家が京都にあり詳しいのだろう、あっちが法、ここからは見えないけどあっちに妙があんねん。大の字は二つあってな……などと教えてくれた。

間もなく暗い山に火が灯り、ゆっくりと大の字が浮かび上がった。久美さんも周りの人々も静かに厳かな炎を眺めた。

しかし数分も経つと慣れて、屋上にはもとのお喋りが戻ってきた。Aさんは飲み物を貰ってくると言い、バイト先の居酒屋へと降りていった。

久美さんはスマホで送り火の写真を何枚か撮影したが、すぐにすることもなくなってしまった。

その時、風が吹いて髪が乱れた。

久美さんは癖で手鏡を取り出し、顔を覗き込んだ。

前髪を触りかけて、鏡の中に強烈な違和感をおぼえた。

自分の顔は暗くてよく見えなかった。それはそうだろう。屋上は人の姿がわかる程度の明るさしかないので顔など見えるはずがなく、うっすらと頭の輪郭が映り込んでいるばかりだった。その自分の肩口から、人の顔が覗いていた。青白い女の笑顔。

鏡越しに目が合った瞬間久美さんはぎょっとして振り返った。そこには誰もいなかった。周りの誰も、久美さんを見てはいなかった。

久美さんの瞼の裏に、笑みを浮かべる女の顔がこびりついた。どっと体の力が抜けるような恐怖感に襲われた。

柵を掴んでしゃがみこんでいるとAさんが戻ってきた。

「えっ！　どうしたん？　具合悪いん？」

久美さんは、今あったことをAさんに伝えた。彼は驚きながらも、なだめるような口調で言った。

「うーん、それお盆で帰ってきてた仏さんやったんちゃう。また送り火で帰っていくやろ。大丈夫、大丈夫。びっくりしたな」

はたしてそうなのだろうか……。動揺が治まらない久美さんを心配したのか、Aさんは「もう送り火は十分見たな。とりあえずご飯でも行こか」と言ってくれた。

二人はビルを出て、自転車で茶山にあるカフェへ向かった。

静かな店内のカウンターに腰掛け、黒板のメニューを眺めながら注文をしていると、久美さんは落ち着きを取り戻してきた。

その様子を見てAさんも安心したのか「ほんま久美ちゃんビビりやな、今度心霊スポット行かなあかんな」などと久美さんをからかった。

やめてくださいよ、と言いながら、カバンの中身を探る久美さんの手に鏡が触れた。そういえばしばらく髪を直していない。

鏡を取り出して、久美さんは声を上げてしまった。

鏡面に黒い粉のようなものがびっしりと付着していた。

煙のような匂いが漂った。黒いものは煤《すす》のようであった。

Aさんも絶句してそれを見つめていた。

久美さんは震える手で念入りに拭き取ったが、鏡には燃えたような跡が残っていた。自分の顔を映してみる気にはなれなかった。

「私、今日はもう帰ります……」


大学近くのマンションの前でAさんと別れた久美さんは、自宅の玄関を開けてすぐに部屋の換気扇を回した。

部屋にこもるじめっとした不快な空気のなかに、煤のにおいが漂っているように思えたからだった。

ベッドに腰掛けて水を飲んでも気持ちが落ち着かず、久美さんは言いようのない疲労を感じた。

このまま眠ってしまおうか。いや、ひどい汗をかいている。シャワーくらいは浴びなければならない。せめてメイクだけでも落とさなければ……。

なんとか立ち上がり、ユニットバスの電気を点けて、じゃばら式の扉からユニットバスに一歩足を踏み入れたとき、久美さんは足元の感覚が抜けていくような恐怖感を覚えた。

洗面台の鏡に、出かける前にはなかったはずの真っ黒い煤がもやもやと付いているのだ。

驚愕の表情で鏡に映る自分の肩から、今この瞬間にも笑い顔の女が覗くのではないかという思いに囚われた。

どうしていいかわからなくなって、すぐに家を飛び出した。大通りへの道をもつれそうな足取りで歩きながら、仲の良い女友達に電話をかけた。今から泊まりにいっていいかな。お願い。

電話口の友達は戸惑ったような声色だったが、訳も聞かずに快諾してくれた。明るい道を選びながら、久美さんは友達の家がある出町柳《でまちやなぎ》方面へと歩いた。

……Aさんは、私の鏡に映ったのは亡くなった仏様なのだ、もう帰っていくところだと言ってくれたけれど、もしかしてもっと別の、気色の悪いものなんじゃないか。そしてそれは送り火で帰ってなどいないのではないか……。


インターホンを押してすぐ、友達が「どうしたん」と笑顔で久美さんを迎えてくれた。お茶飲むよね。あ、適当に荷物置いてね。友達のいつも通りの明るい声を聞いて、久美さんは肩の力が抜けた。

部屋に入り、小さなテーブルの前に座っていると、キッチンに立っていた友達が「えっ」と大きな声を出した。

「ねえ……なんで背中、真っ黒なの？」

回帰

大学時代の友人S君のご実家は、清水寺《きよみずでら》からほど近くの場所にある。

観光客や人力車が行き交うにぎやかな通りから、石畳の静かな路地へ入ると、まるで映画のセットのような京町家群が現れる。その中に、大きな蔵を擁する美しい屋敷があり、そこにS君とご両親、祖父母の五人で暮らしている。

S君の家系は代々ある伝統工芸の職人をしている。S君が高校生の頃、五代目である父親の仕事が忙しくなり、アトリエを広げる必要が生じたため、蔵付きのこの屋敷に移り住むことになったのだという。

その引っ越しの際に、奇妙な出来事が起こった。

その日、S君は屋敷に運び込んだ荷物の荷解き作業にあたっていた。午前中は家族三世代分の私物が入ったダンボールのおおまかな整理を行い、午後からは父親の制作道具を蔵に運び込んでいた。

木製の蔵戸を開け放ち、風を通して大きな作品を運び入れようとしていた時だった。

「S、ちょっと来てくれんか」

蔵の中に入っていた父親がS君を呼んだ。見ると、がらんとした蔵の真ん中に、四十センチほどの石があった。

丸みを帯びたその石には、紙垂《しで》の付いた注連縄《しめなわ》がぐるりと巻かれていた。縄の具合を見るに、それが相当古いものであることは明らかだった。

「こんなん前来たときには無かったよな。S、気ぃ付いてたか?」父親が言う。

一緒に内見をしていたS君にもまるで覚えがなかった。

「前に住んではった人が験担《げんかつ》ぎのために置いとったんやろうけど、困ったな。こんなもんがあったら場所取るわ。神社でお焚き上げでもしてもらうか……。いや、もう山かどこかに捨ててしまおか。Sも一緒に付いてきてくれ」

豪胆な面を持つ父親は、そう言って車庫に向かった。

S君は石を抱えて父親に続いた。

石を車の後部座席に置いて比叡山方面へと向かう。助手席に座っていたS君は、これから自分たちが非常に罰当たりな行為に及ぼうとしていることに内心不安を抱きつつ、石の捨て場所を相談した。比叡山の山頂付近は人目につきすぎるし、往復するのに時間もかかる。いっそ人通りの少ない山道でいいのではないか。

広い道から旧道に入ると、その先は昼間にもかかわらず木々の影が落ちて暗くなってい
た。錆びたガードレールの間隔はまばらで、その下は崖になっていた。

「ここでええやろ。ここにしよう」

父親が路肩に車を寄せ、二人は車を降りた。

車から父親が石を持ってくるまでの間、S君は道の真ん中に出て他の車が来ないか見張
ることにした。しかし、しばらく経っても父親は車の後部座席に上半身を突っ込んだまま
動かない。

「父さん、どうしたん?」

「悪いんやけどな、ちょっと手伝うてくれへんか」

見ると、父親は息を切らしていた。

体格のいい父がなぜこんなに苦労しているのかとS君は奇妙に思ったが、石に腕を回し
た瞬間その異変に気が付いた。

石が重すぎるのである。

数十分前に蔵から車に運び入れた時は、易々と抱え上げられたはずだ。

「父さん、これ……」

「いいから早く降ろしてくれ！」

石は座席のシートにめり込まんばかりに重たかったが、父親と息子二人の力を合わせて、ようやく車から降ろすことができた。そして、二人で息を合わせながら道の反対側までゆっくりと転がしていき、最後はガードレールの隙間から落とした。ガサ、ガサと音を立てながら崖下に転がっていった。

荒い息を整えながら、二人はしばらく崖下を眺めた。

「よし、帰ろう。荷解きの続きをせんとあかんしな」

父親の呼びかけで二人は車へと踵を返した。

助手席のドアを開けながら、S君は何気なく後部座席に目を遣った。

先ほどとまったく変わらない状態で、そこに石があった。

S君はしばらくの間、言葉を失って立ち尽くすしかできなかった。むしろ、この異様な事態について口にすることが躊躇われたと言ったほうが正しい。ふと父親の方を見ると、血相が変わっていた。自分だけがおかしくなったわけではないらしかった。

「降ろす。力を貸せ！」

父親の声に従って、S君はありったけの力で車から石を降ろした。石は、先ほどよりも更に重くなったように感じられた。S君は一刻も早くこの場所から離れたい一心で、勢いを付けて崖下に石を押し込んだ。

父親は崖下を指差しながら、まるで自分たちに言い聞かせるように叫んだ。

「今、確かに落としたぞ！　確かに落としたぞ！」

二人は急ぎ足で車に戻った。しかし、まるですべてが夢だったかのように、後部座席に石が鎮座していた。

石に化かされている……。

S君の背中を冷や汗が伝った。石に巻かれた注連縄には泥ひとつ付いていなかった。

「父さん、もう帰ろう。もうあかんって」

S君は訴えたが、父親は、不気味な石ならばなおのこと捨てて帰りたいと思ったのだろうか。頭に血が上ったような状態になり、S君の訴えを退けてこう言った。

「もう一度や。今度は俺ひとりでやる。お前は後部座席に座って見張ってろ！」

S君は、こういう時の父親の前では自分が折れるしかないことを経験上よくわかっていた。

二人で石を車から降ろした後、S君は一人後部座席に座って扉を閉め、父親が唸りながら石を転がしていく様子を見つめた。

恐ろしさに心臓が高鳴ったが、不思議ともしかしたら次は大丈夫かもしれないという思いが湧いてきた。

父親がゆっくりと崖下に石を転がした瞬間、ずっと起きていたはずなのに夢から覚めるような感覚になった。

気付くと膝の上に石が乗っていた。まるでとても長い時間そうしていたかのように、足は鬱血《うっけつ》して痺《しび》れていた。

ドアが開き、青い顔をした父親がすぐに石を外しにかかった。

息子の姿を見て我に帰ったのだろうか。苦労の末に石をどかし、S君の無事を確認すると、父親はそのまま運転席に戻り家路へと車を走らせた。

注連縄が巻かれた石は、今でもS君宅の蔵に保管されているという。

弟の部屋

兵庫県で高校教諭をしているTさんという女性には、二十代後半になる弟がいる。彼は仕事のため京都府宇治《うじ》市にある単身者用のアパートで一人暮らしをしているのだが、多忙のためなかなか自宅の掃除ができないのだといつも愚痴をこぼしていた。

弟思いのTさんは、彼の部屋を掃除するため、五月の休暇に入ってすぐ弟のアパートを訪れた。

「姉ちゃん、遠くからありがとう。悪いけどよろしく頼むわ」

玄関先に現れた弟は、いつもと変わらないのんびりとした様子でTさんを部屋に迎え入れた。

1LDKの空間はTさんの想像を遥かに超えた散らかり様だった。文字通り足の踏み場もないほどに物が溢れかえっており、そのどれもが埃《ほこり》を被って、その場所に放置された時間の長さを物語っていた。服や調理器具や本は本来の収納場所からはぐれ、行き倒れるようにひっくり返っていた。

Tさんはあっけにとられたが、ここまで来たらやるしかないと腹を括《くく》って、弟とともに掃除を始めた。

しかしやはり作業は難航し、あっという間に日が暮れて、一通り片付いたと言えるようになる頃には深夜二時を回っていた。

休憩を挟みながら作業したとはいえ、Tさんは猛烈な疲労感でぐったりとしていた。床に座り込んだ弟が、終わった……と弱々しく呟いた。

このまま車を運転して兵庫に帰る体力はない。今日は泊まらせてもらおう。

Tさんが倒れるように布団に突っ伏した時、弟が急に平坦な声色になってこう言った。

「言ってなかったけど、この部屋猫おんねん」

「えっ。どこに？」

Tさんの問いかけを無視して弟は続けた。

「この部屋猫おんねん」

Tさんは、弟が何を言っているのかわからなかった。これまで何時間も掃除をしてきたのに猫など見かけなかったからだ。それに、猫を飼っているならば餌の皿や猫砂があってもおかしくないはずなのに、それらしきものはひとつも見当たらなかった。

弟はそれきり何も言わない。Tさんには弟を追求する気力が残っておらず、そのまま眠りに就いた。

仰向けに寝転ぶ胸から腹にかけてズシッとした重さを感じてTさんは目を覚ました。首元や腕に時おり柔らかい毛のようなものが触れる。猫だ。

弟は嘘を言ってはいなかったのだ、とTさんは思った。腕を上げて撫でようとしたが、なぜか指一本動かない。驚いて目を開けようとしたがそれもできなかった。

金縛りだ！　と思った瞬間、体に乗っているものの声が聞こえてきた。

「おまえは誰だ」

轟《とどろ》くように低い声だった。

Tさんは叫びそうになった。しかし声をあげることはできなかった。

「おまえは誰だ」

「おまえは誰だ」

これは猫ではないのか。だとしたら一体なんだというのか。Tさんの恐怖心がピークに達したとき、なんの前触れもなく、胸の上のものがどこかに飛び退いた。

その瞬間体の感覚が戻り、Tさんは飛び起きた。朝になっていた。

「ちょっと！　なんなん！　あんたが飼ってる猫ってなんなん！」

ソファで寝ていた弟を揺り起こして問い詰めた。

「えっ。何言うてるん姉ちゃん……そんなん、僕言うてないよ」

「あんたが昨夜、飼ってるって言ってた猫のことやん！」

「待ってよ。なんのこと？」

弟は、自分が猫の話をしたことを何も覚えていないようだった。

Tさんは思った。もしかして弟が猫の話を始めたあの時から、全て夢だったのだろうか。

しかし夢にしては現実的過ぎるのではないだろうか。それに、さっきまで胸に何かが乗っていた感覚がまだ残っている。

ひどい不安を抱えながら、Tさんは弟とともに掃除の仕上げ作業に入った。

結局、見違えるように部屋が清潔になっても、どこにも猫のようなものは存在しなかった。


それからちょうど一年後にあたる今年の五月、Tさんはまた弟の家を訪ねた。

片付けが苦手な弟のことだ、きっとまた散らかしているに違いない。Tさんの予感は当たり、弟の部屋は一年前の努力が嘘のように散らかっていた。

部屋に足を踏み入れた時、Tさんは一年前の不思議な体験をふと思い出して寒気がしたが、その思いを打ち消すように喝を入れて、弟とともに掃除に取りかかった。

またしても気が遠くなるような作業だったが、姉弟の役割と段取りを決めて黙々と片付けにあたった。途中、物の隙間から大きな虫が現れ、驚いたTさんが叫び声を上げて中断する場面もあったが、その他はひたすら分別と清掃に没頭した。

それでも部屋が綺麗になったのは、日付を跨いで午前二時を過ぎた頃だった。

「やっと終わった……」Tさんがそう呟いて床に座り込んだ、その時だった。

弟が急に平坦な声色になってこう言った。

「言ってなかったけど、この部屋猫おんねん」

Tさんは言葉を失った。一年前と同じトーンだった。

弟はさらにこう続ける。

「この部屋猫おんねん。発泡スチロールの中に入ってんねん。つい最近仔猫を拾ったけど、交通事故にあって、看病してたけど全然回復しなくて死んでしまって。宇治川に流しに行こうと思ってる」

弟はどこからか蓋のついた発泡スチロール箱を持ってきて、ほら、と言いながらTさんに小さな亡骸《なきがら》を見せた。Tさんは恐ろしくなって箱を弟に突き返した。

「ちょっと何言ってるん。そんなん川になんか流したらあかんって。明日火葬場に持って行っといで！」

Tさんの強い語気に弟は少し表情を曇らせたが、わかった、と呟いた。

「な。もう遅いから寝よう」


布団の中で、部屋の隅の発泡スチロール箱を気にしながら、Tさんは考えていた。

さきほどの弟の声を、私は一年前に聞いている。

あの日、弟は猫の話などした覚えがないと言い張ったが、もしも先ほどの弟の声が一年前の私に聞こえたのだとしたらどうだろう。当時弟が覚えていないと言ったことと辻褄《つじつま》が合うのではないか。果たしてそんなことはあるのだろうか。いや……。

Tさんは全身に鳥肌が走るのを感じた。

まるで、一年前には産まれてもいなかった猫を弟が拾い、それが死んでしまうことが、一年前に予告されていたみたいだ……。

いや、あまりにも荒唐無稽だ。Tさんは自分の考えを打ち消した。

とりあえず朝一番で近くのペット霊園に電話をかけなくてはいけない。そのためにも早起きしなくては……そう思った時だった。

耳を裂くような長い叫びが部屋に響いた。

Tさんは反射的に頭まで布団を被り、身を硬直させた。

え……？

今聞こえたのは、自分の声ではなかったか？

それは、数時間前、虫が出た時にあげたTさん自身の叫びとよく似ていた。

一体どうして……。

Tさんは、頭から落下していくような恐怖を覚えた。

いや、違う、違うに決まっている。きっと、他の部屋に自分とよく似た声の女性が住んでいて、たまたまさっき叫んだのだ、きっとまた虫でも出たのだろう、気のせいだ。気のせいだ。

Tさんは自分に言い聞かせた。しかし思い出せば出すほどに恐ろしさが募り、耐えられなくなって弟に声をかけた。

「ちょっと、すごい叫び声やったね！　こんな夜中にどこの部屋の人が叫んだんやろうか。ほんま勘弁してほしいなあ。やっぱりこのアパートって全体に虫が出るんやね」

弟が抑揚のない声で答えた。

「何言うてるん姉ちゃん。叫び声なんて聞こえてないよ」

翌日Tさんは、弟がペット霊園に発泡スチロールの箱を持って行くのを見送ったあと、逃げるように宇治を後にしたという。

体験談を聞かせてもらいながら、私はこう思わずにはいられなかった。

Tさんは、夜中に聞こえた自分の叫び声は、昼間虫を見つけた時にあげた声とよく似ていたと言った。けれど、弟の声の例にならって考えていくとしたら、Tさんが今年聞いたのは、一年後のTさんがあげた叫びということになりはしないか。そうだとしたら、それはいったい何を予告しているのだろうか……。

私は、恐ろしい想像をぐっと飲み込んだ。

Tさんは、来年もまた弟の部屋を片付けに行くかどうか、決められずにいるそうだ。

花房観音

はなぶさ・かんのん

京都在住。映画会社、旅行会社勤務などを経て、「花祀り」で第一回団鬼六大賞を受賞しデビュー。著書に『ゆびさきたどり』『好色入道』『うかれ女島』など。共著に『女之怪談』『恋墓まいり・きょうのはずれ――京都の〝エッジ〟を巡る二つの旅』など、近著に『京都「魔界」探訪』を監修。

京都暮らし

「京都を舞台にした実話怪談を」

と、依頼が来た。

何度かこの竹書房ホラー文庫でお世話になっているNさんからだ。

やたら最近は、「京都・怪談」づいている。今年は他社から京都の魔界本の監修仕事も来たし、それ以外にも京都の怪談、怪異関係の本が次々に出る。

みんな、そんなにも京都が、京都の怖い話が好きなのか。

雑誌でも、「京都」特集は売れるという。

果たしてそんなにいいところなのか？　と、京都に暮らしながら、疑問に思う。

ここ数年は、観光公害の記事をあちこちで目にするほどに、京都は人であふれていて、風情なんてない。

祇園《ぎおん》なんかまともに道を歩けないし、清水寺《きよみずでら》はそろそろ清水の舞台が人の重さで壊れるのではないかと心配するほどの混雑だ。

京都～大原三千院《おおはらさんぜんいん》～恋に疲れた女がひとり～と、デュークエイセスの、京都に癒されに訪れる女の歌があったが、今の京都は恋に疲れて来たら、人混みにさらに疲れてしまうという状況だ。

市内を走るバスの中は混雑で息苦しく、バス停で待っていても「次のバスをお待ちください」と積み残しをされることが当たり前になったし、祇園を歩いていると、「舞妓さんにさわらないように」などのげんなりする立て看板が見え、お茶屋の犬矢来《いぬやらい》に人がもたれ掛かり、石畳の道は自撮りする観光客で埋まり、殺伐としている。

人が多いだけじゃない。京都は四方を山に囲まれている盆地で、夏は暑くて冬は寒い。また冬の寒さは「そこびえ」と呼ばれ骨の髄まで冷え、つらい。

どうしてわざわざこんな暑くて寒い盆地に人が集う都を造ったというのは、理由がある。桓武《かんむ》天皇が奈良の平城京から都を移す際に、まずは長岡京に遷都しようとしたが、藤原種継《ふじわらのたねつぐ》の暗殺、弟の早良親王《さわらしんのう》の謀反など、様々な問題が重なり、山城《やましろ》の地と呼ばれた場所に平安京を遷都した。

四方を山に囲まれ、土地が「城塞」の役目をはたしていること、「淀川《よどがわ》水脈」と呼ばれた、鴨川、宇治川、桂川、木津川など、人の移動、物の運搬等にとって最重要な水の流れがあること、そして風水的に、国を守る四神の存在があるといわれている。四神とは、北の玄《げん》武《ぶ》、西の白虎《びゃっこ》、東の青龍《せいりゅう》、南の朱雀《すざく》だ。

さらに桓武天皇は、南に弘法大師空海《くうかい》の東寺《とうじ》、鬼門である北東の比叡山に伝教大師最《さい》澄《ちょう》の延暦寺の造営を敕し、都の守護にあたらせた。

平安京は完璧に護られた土地だったのだ。何から護るのか——桓武天皇は、自身が新しい都を造営するにあたり、犠牲にした人々の怨霊をひどく恐れていたという。

京都は景観条例があるので、派手な看板、高い建物を作ることができない。東京や大阪のようにビルが視界を阻むことなく、どこからでも山が見える。ぐるりと見渡すと、山に囲まれて、やはりこれは城壁のようだ、といつも思う。

しかしこの「悪いものから護る」というのは、実のところ、「悪いものを閉じ込める」のが本当の目的ではないか、とも思うのだ。

京都は一千年以上の間、都であったために、様々な血塗られた権力闘争の舞台となり、その結果「魔都」となった。

ああ！　京都怖い！　こんなところ住めない……なんて言わない。

霊感など皆無の私は全く平気だし、京都から今は離れたくない。

何よりも、ネタの宝庫だ。

バスガイドなので、地名や道の名前の由来やらも知っているほうだが、そのひとつひとつに物語がある。この地は、古くは秦《はた》氏や賀茂《かも》氏などの豪族がいたが、桓武天皇が平安京を造営し、明治維新で都が遷《うつ》るまで長く日本の中心であった。都があるということは、権力闘争が起こり、恨みを抱いた死がそこに無数に横たわっている。

京都は怨念の土地だ。人の念が物語となって存在している。

二〇一〇年に、第一回団鬼六賞大賞を受賞してから、ありがたいことに仕事に困ることはない。一応、食えてはいるし、バスガイドもしなくてよくなった。それは私が京都を書いているからというのも大きい。

そもそも官能小説でデビューした私が実話怪談を書くきっかけを最初にくれたのはNさんだった。東京のある飲み会でご挨拶し、竹書房ホラー文庫のアンソロジーで書いてみませんかと声をかけられた。

私は小説家になるとほぼ同時に結婚したが、一年ほどは私は京都の向日《むこう》市、相手は大阪にいたので別居していた。ちなみに向日市は、後妻業の筧千佐子の最後の被害者が住んでいたところです。

京都市内に家を借りて、私はすぐそちらに引っ越したが、夫は荷物が多いこともあり一緒に住むまで数ヶ月かかったので、一軒家にしばらくひとり暮らしをしていた。

その頃、Nさんからの依頼で、初の怪談を書いた。それがきっかけで、怪談イベントにも呼ばれるようになったのはいいのだが……。


隣の家で、死体が発見された。


これはあちこちに書いているので「ネタを使いまわしするな」と厳しい怪談ファンに怒られそうだから詳しくは省くが、「私は死体のすぐ傍で、怪談書いてたんか！」と驚愕した。

結局、今もそこに住み続けている。引っ越しがめんどくさかったし、夫もそう気にしなかったし、まあいいかと思ったのだ。

私はこの死体の話をあちこちで書き、一ヶ月の家賃分ぐらいは稼いだ。

もっと何か起こればネタになるのに……なんて、不謹慎なことを考えていた。

けれどそのうち、隣の家はリフォームされて、外国の人が住み始めた。

その後、どうなったか、これは後日談だ。


「昨夜は、うるさかったわ」

食事をしているとき、夫が言った。私はその前日、取材旅行で外泊していた。

「ねずみ？」

「違う、人の足音」

寝室は二階だが、夫の仕事場は一階だ。

「だって誰もおらへんやん、二階」

「たまにあるねん」

「ねずみが走ってんのを勘違いしたんちゃうん」

「ねずみはドタドタ歩かんやろ。人の足音や」

徹夜続きの仕事で、夫は疲れているのだろうと思い、妻の優しさで「あんたアホちゃうか」とは言わなかった。

「ここ、誰かおるねん」

夫がそう口にする。

「はぁ？　何言うてんの」

「足音だけじゃない。そこの、玄関と俺の仕事場の扉が急に開いたり、俺が風呂に入っていると、摺りガラスの向こうに人がいることが、たまにある」

こいつ、おかしなったか……と、私の脳裏には、近所の病院が浮かんでいた。本人の意志なく入院させる方法について考えていた。

「でも、私、全然そんな体験ないで。足音なんて聞いたことない」

「だから、○○さん（私の本名）が、おらへんときやねん、いつも」

「なんで、私のおらへんときなん」

「幽霊だって、出る人を選ぶで。ネタにして稼ごうと待ち構えてる人の前には、出ぇへんやろ」

幽霊だって、出る人を選ぶ——夫の言葉は妙に説得力があり、納得してしまった。

確かにそうだ……。

怪談書く人は、私のように「見ない」人が多いのだけど、もしかして選ばれなかっただけなのかもしれない……。

「どっちみち、害はないから俺も気にしてへんけど。それより、食べ物かじるねずみのほうがタチが悪い」

そうなのだ。一時期、ねずみがあらゆるものを食べて、朝起きたらレトルトの中身が散乱したりして、大変だった。米を入れているタッパーもねずみに蓋がかじられた。

それにしても、私は全く何の気配も感じず見ないのに、夫だけが頻繁に「誰か」に遭遇するのは……私が気にしなさすぎるんじゃなくて、やっぱり夫がおかしくなってしまったのではないか。

幽霊より、そっちのほうが困る……親より先に、夫の介護がのしかかってくるのか……とため息をついてしまったけれど、そもそも夫はもともと「霊が視える」とか言う人ではないし、私と同じく怪奇現象にはかなり疑い深い。

私は霊障も経験したことがない。

前に少し一緒に仕事をした編集者が、怪異本出したら病気になったとか、一冊だけホラー本を出した夫が、その仕事の最中に生まれてはじめて骨折したとか、そんな話は身近にもあるが、私は全く霊障とも怪異とも無縁だった。

そのあとも、我が家にいる「誰か」の気配を、夫だけが感じ続けた。

「隣の家、リフォームされて、家族が住んでて賑やかやん。だから、うちに来たんちゃう？子どももいなくて比較的静かだし」

夫も、「誰か」の存在に慣れたようで、怖がる様子も全くない。

「女の人みたいだ」

とも言われた。

「え、なんでわかるの」

「俺、徹夜で仕事してたら、声が聞こえるねん。唄ってる」

「は？　唄ってる？　ネズミの鳴き声ちゃうの。ちゅうちゅうって」

「ちゃうよ、歌詞はわからへんけど、メロディがあるねん」

確か、隣の家で見つかった死体は、男だったはずだけど——。


結局、未だ我が家には、人の気配があるようだ。

私だけが、見えないまま。

何も感じないまま。


誰か、いる。

生霊

「怪談て、被害者は幽霊になって加害者に復讐して成仏しますよね。加害者の方は無意識の罪悪感によって見てしまう自分の良心の化身である幽霊によって、良心の呵責を覚えて自滅することによって救われるんですよ。両方とも死んじゃうんだけど実は両者ともに救われる話だったりします」

その言葉は、ひどく説得力があった。

言葉の主は、怪談映画の著書もあり、自身も映像製作をする京都在住の山田誠二さんだ。数年前に山田さんのインタビューで前述の怪談論を聞いて、大きく頷いた。

話とは関係ないが、山田さんの自宅の扉を開くと、いきなり月岡芳年《つきおかよしとし》の血なまぐさい絵の屏風があり、訪ねてきたセールスの人を追い返す効果は抜群だと思う。

山田さんの話に、私にも心当たりはあった。幽霊ではなく、幽霊とは思わなかった話だ。夫と結婚するずっと前、ある男性と関係してそこそこ盛り上がってた時期があったのだが、彼には恋人がいることがのちにわかった。

彼の名前は、有田さん（仮名）。

当時の私はほとんど自暴自棄で、生活も下半身もだらしなかったので、なりゆきで有田さんと関係を持った。関係した時点で、そのあと続くとも思っていなかったので、細かいことは確認していなかったのだが、のちに「恋人に気づかれた」と告げられ、パートナーがいることを知った。

そこで本来は、関係を断つべきだったのに、私は、自分の欲望を優先させてしまった。

だからといって、奪うほどの執着も愛情もなかったし、彼のほうも単なる遊び相手に過ぎないのはわかっていたけれど、別れる気はなく、関係を続けていた。


有田さんの部屋にはいつパートナーが来るかわからないので、会うのはいつもラブホテルの「ご休憩」で、コトが終えるとそれぞれ互いの家に帰る。

彼と会った日の夜は、夜中に左足が攣《つ》って目が覚めることが多かった。

身体を動かし振りほどこうにも、誰かに抑えつけられている感触もあり、じっと痛みがなくなるのに耐えるしかない。

夜中に誰かが私の左足の膝をぱたぱたと叩いたこともあった。

誰かいる……でも、これは夢だ！　夢にしちゃおう！　と、無理やり眠ろうとした。

結構長い間、ぱたぱたやられたのだが、「夢だ！」と言い聞かせるうちに眠れた。

この時期は、着信拒否してるので出なかったけど、非通知の電話も何度かあった。有田さんと会う日だ。

「生霊じゃないの」

友人にはそう言われた。

「へ？　全部気のせいと夢だと思う」

「その男と会うようになってからでしょ。ひどく相手の女に恨まれてるんじゃない」

「……恨まれるのは……まあ、恨まれるやろ」

実は私も、生霊だと思わないことはなかったが、「まさかな」と気にしなかったのだ。

つまりは山田誠二さんの言ってたように、「幽霊は生きている人間の罪悪感が見せるものだ」とするならば、私に罪悪感がないから、ということか。

いつも左の脚をやられた。

私は仕事をするときに集中すると左に重心をかける癖があって、忙しさで手がしびれたり、坐骨神経痛を発症するのもいつも左だった。

「弱いところを狙ってくるんでしょう。だからいつも左」

「幽霊って、賢いな」

「それより、反省したほうがええよ」

「非通知は、その女の人かなーと思うけど。だって狙ってくるんだもん」

「ふたりで会っている最中でしょ。邪魔しようとしてんのよ。恨まれてるよ」

と、友人には呆れられた。

「彼女がいるのに他の女と関係するその男もクズだけど、あなたもどうしょうもないね」

友人の目の中に軽蔑心が見えた。

私は「きっと普通に一対一で好きあう恋愛ができるあなたにはわからない。私がクズを好きになるのも、私自身がクズなのも」と思ったけれど、口には出さない。

世の中には、そういう歪んだ関係しか持てない人たちがいることを、わからない人に理解させようとも思わない。

まともな男に相手されない、クズとしか関係できない女のことなんか、ちゃんと恋愛できる幸せな人には永遠にわからない。

生霊か。

人に恨まれたり憎まれたりする心当たりは、幾つかある。

あたし、嫉妬されちゃう～なんて書くと、モテ自慢かよと怒られそうだが、そういう話ではない。私は若くないし容姿も決して「美人」に分類される類ではなくスタイルも悪いけれど、だからこそ嫉妬されることもある。

どうしてあんなブスに。あんな女に男がいるの、と。

あんなババアに。あんなデブに。

美人ならば納得されても、そうじゃない女が楽しく生きて、男がいるのが許せない人たちがいる。

そして自分だとて、「どうしてあんな女に」と、嫉妬する側でもあるのだ。

私はあの女よりも優れているはずなのに――。

自尊心が絡みあうと、嫉妬心は悪化する。

「源氏物語」の六条御息所《ろくじょうのみやすどころ》がいい例だ。

教科書にも載っている「源氏物語」は、「平安時代の貴族たちの優雅な恋愛小説」なんて紹介されるのをよく見かけるけど、あれは怪談小説だ。

イケメンで地位もあり人望もある光源氏は、己のスペックの良さを駆使して、女をグイグイ口説いていくくせに、わりと女に冷たいし、少女だった紫の上や義母の藤壺《ふじつぼ》を無理やり犯したり、とんでもないクズだ。

その犠牲者一号が、六条御息所。高貴な身分の未亡人で、光源氏に攻められ陥落したはいいが、「しょせん、あなたは遊びなのね」と嫌味をいいたくなるごとく、光源氏の心は離れる。

そして彼女は、光源氏の正妻・葵《あおい》の上《うえ》をはじめ、夕顔、彼と関係した女のもとに生霊として現れ殺し続ける。亡くなったあとも、死霊となりパワーアップして、彼の女のもとに現れ苦しめる。

有田さんとは、一年ほどで別れた。

非通知の電話がかかってくることも、夜中に誰かに左脚の膝を叩かれたり、抑えつけられることもなくなった。

楽園

京阪《けいはん》電鉄の清水五条駅から、歩いて十分もかからない。

ガイドブックには絶対に載らない、私の好きな場所がある。

かつて、そこは「楽園」と呼ばれていた。

五条楽園と。

もとは七条新地《しちじょうしんち》という遊郭だった。昭和三十三年の売春防止法施行により、全国の遊郭は形を変えていくのだが、ここはつい最近までほそぼそと営業をしていた。

風俗店というと、目立つネオンの看板を置き、HPに加工しまくった女の子たちの写真を並べるのだが、そういうギラギラした様子とは真反対の、薄暗い、情報のない場所だった。

二〇一一年に警察の手入れがあり、「商い」は終わりを告げ、最近、近くにあった暴力団事務所も発砲事件などを経て、京都市から退去命令が出てひと気がない。新たにお茶屋を利用した居酒屋、本屋、ゲストハウスなどが出来て、昔と違い、すっかり歩きやすい場所となった。

健全で安全な街にはなったが、タイルの壁、ステンドグラスの丸窓など、昔の雰囲気は残っている。

友人がここで働いているときは、「着物で接客してた」と聞いて、本当に古い時代の遊郭が最近まで残っていたんだなと感心した。

五条楽園の、今は使われていない建物を、見学させてもらったことが何度かある。ボロボロだったが、昭和の名残が漂う空間の空気を吸い込み、あちこち見ていた。

ずいぶんあとになって、その際、一緒にいた友人に、「平気で楽しそうに見てまわるから、びっくりした」と言われた。

「なんで、楽しいやんか」

「あそこ、廊下にぎっしり隙間なく着物の女の人がいたよ。それを全く気にせず歩いてたでしょ」

……そんな話、はじめて聞いた。

「だって、見えなかったし」

友人は、普段から「見える」と公言している人ではない。

彼女の話に信憑性があると思ったのは、「着物の女」だ。

私はあそこにで働く女の人たちは基本的に着物だというのを知っていたけれど、その時点では友人はそんなことを知らないのだ。

私もこの五条楽園のお茶屋に取材で上がったときに、部屋に入った瞬間、赤い照明、赤いじゅうたん、そしてまるで赤い襦袢《じゅばん》の女がいるような錯覚に陥った。

四畳半ぐらいの、小さな部屋だったのだが、足を踏みいれた瞬間に、「呑まれた」。ここには、「念」が残っていると思った。この部屋で多くの男たちに身を売った女と、買った男たちの念を浴びた気になった。

私だけではなく、同行していた女性編集者も「頭がくらくらする」と言っていた。

あそこには何かいる――けれど、それは決して怖いものでも嫌なものでもなかった。どこか懐かしい、人の念だった。

だから私にとって、五条楽園は、どこか懐かしい場所だ。

けれど「あそこに近づくのはよくない」と言われたこともある。

友人である、平川くん（仮名）と飲んでいるときだった。

平川くんは、人間的には問題はあるけれど、才能あるアーティストだった。

才能あるクズというのは、ある種の女たちにはひどく魅力的だったりもする。

その平川くんと一緒にいるときに、五条楽園にちょいちょい行く話をして、言われた。

「あなたはそういう場所好きだろうけど、俺は近づかない。あそこに近づくのは、よくない」

「なんで」

「あの川には子どもがいるんだよ。昔、客の子どもを妊娠してしまった遊女が、冷たい水に身体をひたして堕胎をしていたんだって聞いたことがある。だから、生まれなかった子がいるよ。文字通り、『水子』」

「私は全く感じないけど、見たことあるの？」

「見たことないけど、水子の話を聞いてから、怖いところだなと思って、近づいてない」

「何か感じたの？」

「俺もあなたと同じく全く霊感ないから、何もない。けど、なんとなく嫌だ」

平川くんはそう言った。

私は、平川くんが複数の女とつきあい、避妊具をつけたがらないこと、その中のひとりから「妊娠したけど、堕ろすしかなかった」と、以前告白されたことを、彼の話を聞きながら思い出していた。

しかも、その娘だけではなく、複数の女に何度も堕胎させているらしい。

実は、私も彼と昔、そういう関係になりかけたことがある。

酔っていて、ホテルにふたりで入ったが、平川くんが避妊具をつけるのを拒否したので、
気まずいまま中断して、それきりで、また友人に戻った。

「つけないって……そんなんしてたら妊娠する人、いるでしょ」

と、そのときに私が聞くと、

「いるよ」

と、あっさり答えられた。

ああ、こいつクズだ、と、自分のことを棚にあげて思った。

だからそののち、彼と関係した女たちの話を耳にして、あのとき中断して正解だったと、
私は自分で自分を褒めていた。

光源氏のように、複数の女を必要とするのはいいけれど——女を傷つけることには無頓着な男は、たくさんいる。

「それより、最近、俺、彼女いないんだよ。女紹介してよ」

クズ男——平川くんが、目の前で、そう口にする。

懲りない。ちなみに平川くんには、別居中の妻がいる。

「よく、あなた女に刺されないよね」

つい、そう口にする。

「俺、誰に見てもらっても女の霊が憑いてるって言われるんだよね。でも、霊感ないから、憑いてても生活に何の支障もないし」

彼は笑いながら、そう言った。

私と同じく、罪悪感の無い人間だ。

地獄に落ちてしまえばいいのに——そう思ったけれど、その言葉が、そのまま自分に返ってくる。

自分の欲望のために、何人も女に子どもを堕胎させ、女の心を傷つけ取り憑かれ、それでも全く反省などせず、同じことを繰り返すこの男の心が、一番、怖い。

「俺だけじゃない、自分だって、人のこと言えないだろ」

平川くんが、そう言って、また笑う。

私はあなたと違って、何も憑いてない——と、言い返すことはできなかった。

死神

その場所を見つけたのは、偶然だった。

自転車で京都をうろうろしていて、ふと石碑が目に留まった。

「鉄輪《かなわ》」——もしかして、これが鉄輪の井戸？

謡曲などで知られている鉄輪の井戸の話は、もちろん知っていた。けれど、ここはごくごく普通の住宅街で、その石碑も普通の家の間に立っていて、気づかず通り過ぎる人がほとんどだろう。

石碑の裏には木の扉があり、自転車をとめて中に入る。細い道で、突き当りも普通の民家だ。右手に鳥居が現れた。お稲荷さんの社が奥にあり、手前に井戸らしきものがある。

「鉄輪の井戸」と書かれてあった。

やっぱりそうか。

昔、ある夫婦が住んでいたが、夫のほうが新しい女に気持ちを移し、妻を捨てた。妻は夫と新しい女を恨み呪い殺そうと、白装束で鉄輪を頭につけ、貴船《きふね》神社に丑《うし》の刻参りに通った。

呪い疲れた女は、この井戸で身投げをしたとも言われている。

妻に呪われた夫が、陰陽師《おんみょうじ》・安倍晴明《あべのせいめい》に助けを求め、呪術により退散させたという説もある。

それから、この鉄輪の井戸は、縁切り祈願の井戸となった。

今、現在、井戸を見下ろしても、格子状の木と鉄の網で覆われ、顔を近づけ目を凝らしても真っ暗で、井戸の底は見えない。

昔は、この井戸の水を縁を切りたい相手に飲ませると切れると言われていたそうだが、水は枯れ、縁切り祈願の人たちが多く訪れるために、こうして封じてしまったらしい。けれど、この鉄の網の隙間から、刃物を落とす人たちもいるという。それも縁を断ち切るためのまじないか。

私は井戸の底をのぞき込んだ。

暗くて何も見えないけれど、地獄とつながっているような気がした。


一年前、彼女が亡くなったのを知ったのは、知人のＳＮＳだった。

何かの間違いか冗談だろうとは思った。だって、まだ若い。

彼女の名は、ユミさん（仮名）。

けれど、それは本当だった。病気ではなく、突発的な死だけれど、自殺ではない。

私の脳裏に、別のふたりの女性の顔が浮かんだ。

そのうちのひとりミキさん（仮名）とは、一度だけ面識があるが、もうひとりのレイコさん（仮名）は写真でしか見たことがない。人前に出る仕事をしている人でブログもあったので、顔は覚えていた。

今回、亡くなったユミさんとも、私は会ったことがない。

ひとりは首を吊り、ひとりは薬、ひとりは病死。

三人の女は、みんな若くで亡くなった。

私は、ほとんど会ったことのない彼女たちのことを、よく知っていた。

同じ時期に、ひとりの男と関係していた女たちばかりだからだ。

私自身も、その輪の中にいた。

鉄輪の井戸には、縁を切りたい女たちが訪れる——。

他人事のように書いてはいるが、私もそのひとりだった。

十年以上前のことだから、本当に他人事のようなのだ。

当時、ひとりの男にのめりこんでいた。

あの人と、周りの女の人との、縁を切ってください。

消えればいいのに、死ねばいいのに。

どこまで本気なのか自分自身でもわからないけれど、そう願っていた時期があった。


一ノ瀬（仮名）は、光源氏のような男だった。

カッコよくもなかったけど、人当たりはいいし、口は上手い。

狭い世界でのみ、名の知れた物書きだった。

密かに、文章を書く仕事に就ければいいなと思っていた私には憧れの人であり、妻子がいて、それ以外に複数の女がいるのも承知していたのに、惚れてしまった。

最初、口説いてきたのは向こうのほうだった。「愛している」と何度も言われ、本気にした。よくある話だと言われればその通りだが、私は複数の男と簡単に関係を持つだらしない女ではあったけど、「愛している」なんて言われることは滅多になく、一ノ瀬の思うツボだったのだ。

まさに恋は病気としか言いようがないが、病気が完治した今となっては、あの頃の自分はおかしくなっていたのだとしか思えない。

今は軽蔑の感情しかないし、普段はその男のことなんて忘れている。

けれど、三人目の女が亡くなったのを知って、思い出してしまった。

ユミさんも彼にのめりこんでいたのは知っている。当時、交際していた独身男性と別れて既婚者の彼を選んだが、彼は彼女と結婚する気など一切なかった。そうして、あげくの果てには、「僕がいろんな女とセックスしたいのは、君も承知だろう」と、彼女の友人たちにまで手を出した。

ユミさんは精神を病み、手首を切るようになり、当てつけのように彼の複数の知人男性と関係を持ち、苦しみ疲れたあげく彼と別れた。その後もいろいろあったが、結局、彼女は彼を憎悪するようになったのだとは聞いていた。

私もその頃には、彼を軽蔑していた。楽しい記憶もあったので、嫌いになりたくはなかったけれど、軽蔑することで執着が消えた。自分を痛めつけるような恋愛にはうんざりして、結婚もしたし、小説家になって忙しくなった。

ミキさんが亡くなったのは、ずいぶん前だ。

ちょうど私が彼と関係を持っている時期だった。

明るく可愛らしく人気者だった彼女は、ブログで心の不調を訴え始め、亡くなった。病死ということにされている。

ミキさんが亡くなったことを私が話題に出したときに、一ノ瀬に「その話、やめよう」ととっさに拒否されたのを覚えている。

彼とミキさんは仕事で交流があったのを知っているので、ショックを受けているんだろうなぐらいしか当時は考えなかった。

一ノ瀬とミキさんが関係していたのを知ったのは、私が彼の呪縛から逃れたのちだ。しかも亡くなる前のミキさんからの電話を彼は無視したらしい。

彼にとってミキさんは、たくさんいる遊び相手のひとりに過ぎなかったのだ——私と同じく。


レイコさんの死は、もう少しあとだ。

地方在住のレイコさんは、彼に会うために京都に来ていた。

一ノ瀬とレイコさんが関係しているのは、すぐに感づいた。それなのに、彼はレイコさんと私を会わせた。

私からしたら、関係している男の別の女なんて気持ち悪くて会いたくないと思うのだが、彼は常日頃から「僕はハーレムが作りたい。妻と、他の愛人たちが仲良くして、僕を愛してくれる世界が理想」と、ふざけたことを言っていたのを、実行しようとしただけだった。

彼には全く悪気がない。


一度、多くの自分に興味を持つ女に手あたり次第に手を出す一ノ瀬に対して、妻はどう思っているのか聞いたこともある。

「見て見ぬふりをすることで、自分を保っている。僕に関心を持たないようにして、子どもにだけ目を向けている。プライド高い人だから、嫉妬している自分を認めたくもないいんだろうね」

そう、答えられた。

一ノ瀬の妻は学者の娘で、自身も一流大学の大学院を出ているインテリだった。彼より年上だが、彼女が学生時代、趣味でやっていた音楽活動で知り合い結婚したと聞いていた。

「でも、あなたはそれが寂しいから、他の女に手を出すんでしょ」

「そう」

「最低」

「最低なんですよ」

この男もまた懲りない。

レイコさんも、私と同時期に彼とは別れたはずだったが、共通の友人も多いので、友人づきあいは続けているようだった。

なんと、レイコさんは、彼に紹介された男と交際し、結婚したと聞いた。

けれど数年前に亡くなったときは、ひとりだった。何があったのかは、詳しくは知らない。

レイコさんの死とミキさんの死までは、私はなんとも思わなかった。

けれど一年前のユミさんの死の報を聞いて、疑問に思った。

ひとりの男と同時期に関係していた女が、三人、変死しているのは、偶然なのか。


「これからの人生は、妻との関係を大事にしていきたいですね。今まで、仕事に夢中で、ちゃんと向き合ってこなかったので」

つい最近、偶然、目に留まったＷＥＢの一ノ瀬のインタビューを読んで、言いたいことがありすぎて苦しくなった。

多くの女の心を踏みつけた男が、何を言っているのだろう。

相変わらず、一ノ瀬は無神経で、正直な男だった。彼の本音かもしれないが、自分が手を出して苦しめた女が読んだら、どう思うだろうなんて、考えないのか。

彼に限らず、複数の女に手を出す男ほど愛妻家を装う。

私と同じ時期に彼と関係していた女たちの中で、少なくとも三人は、もうこれを読むことができない。彼に「大事」にされず、死んでしまった女たちは。

彼は、人当たりがよく口は上手いが、身近な人をコントロールしようとし、支配的で高圧的で、嫉妬心も強い。彼の女たちの仕事が上手くいくと、最初は応援するのだが、口を出して、最終的には抑え込もうとする。

当時はそんな言葉はなかったけれど、つまりは「モラハラ」男だ。

一ノ瀬は自己評価の低い、劣等感の強い女が好きだと言っていた。そういう女の弱みにつけこみ、支配しようとしてしまうところがあるのは、彼自身も自覚していた。だから彼の女は、次々と病む。

「僕とつきあった人は、僕のこと必ず憎むんだよ。何故だろう」

数年前、久々に会う機会があった。そのときに、一ノ瀬にこう問われた。

当たり前じゃないか、憎まれるようなことをするからだよ——そう思ったが、口に出さない。

「私は憎んでないけど」と、嘘を言った。

すると、「君とは何度かやっただけじゃないか」と言い放たれた。

よく言うわと、忘れていた憎しみが蘇りそうになる。何度も「愛してる」って言ったでしょ、メールだって残っている。散々、私に甘えていたのに。

もちろん、本当は愛されていないのなんて知っていたけれど、そのくせ「愛している」と口にするから憎まれるんだよ。

それを、他の人にもするから、みんな、病んで、死にたくなる。

一ノ瀬は私の中に蘇った憎しみなど、全く気にすることもなく、こう続けた。

「もし、君がまだ僕を好きだったら、セックスしない。でも、僕のこと好きじゃなかったら、セックスしようよ」


死ねばいいのに、と思った。

こんなクズに執着していた自分のほうを呪いたくなる。


死ねばいいのに消えればいいのに死ねばいいのに消えればいいのに死ねばいいのに消えればいいのに死ねばいいのに消えればいいのに死ねばいいのに消えればいいのに

かつて、鉄輪の井戸に、どれだけその言葉を吐いたことだろう。

私は一ノ瀬と関係していたとき、最初は彼と他の女の縁切りを願い、のちに彼を恨み、呪詛の言葉を鉄輪の井戸に吐き続けた。

「私の呪いが、今になって効いたんかなと思ってた」

つい最近、一ノ瀬の知人で、唯一、彼との関係を知っている高原くん（仮名）と久々に会ったときに、そう言った。

「さすがに、同じ時期に同じ男と関係した女の人が、三人も若くで亡くなるってのは、偶然じゃない気がして。いや、もともと精神的に弱い人を、さらに追い込んでいく人ではあったけど」

「うーん……だけど、ユミさんとミキさんは、亡くなったときにはあいつとは別れて、時間も経ってるし。レイコさんに関しては関係あるかなと思うけど。でも、あなたの呪いが効いたというのはないんじゃないの。たぶん、あなたにはそんな力はないよ」

「そうだね」

と、私は納得した。

私は霊感もないし、霊能力もない。いろんな人を憎んだり恨んだりして「生霊とんで！」と願ったこともあるけど、全く効果なんてなかった。

人を憎んだり恨んだりしても、エネルギーを消費するだけで、何もいいことがないことぐらい、わかっている。わかってはいるのだが。

ただ、気になるのは——。

「ユミさんの死を知ってから、次は自分じゃないかというのが、ちょっとこわい」

「どういうこと？」

「あの男に関係した女が次々に死んで……」

死神という言葉が、浮かんだ。

一ノ瀬の顔と共に。

「……大丈夫だよ。さすがにそれはない……と思う」

と、高原くんは自信なさそうに、口にする。

「あなた、もう、今は結婚して落ち着いて幸せに暮らしてるんだから……もう昔のクズ男のことは忘れたほうがいいよ」

とも言われた。

そうだね、自分が欲望のままに突っ走ったクズだったことも、クズ男とばかり関係していたのも、過去の話だから、前向きになるよと、口にした。

「また最近、足音が聞こえる」